HORST SCZERBA

DER STURM IN MEINEM KOPF

HORST SCZERBA

DER STURM IN MEINEM KOPF

ROMAN

eichborn

MIX
Papier aus verantwortungsvollen Quellen
FSC® C014496

Papier: holzfrei Schleipen – Werkdruck,
der Cordier Spezialpapier GmbH

Dieser Titel ist auch als E-Book erschienen

Eichborn Verlag in der Bastei Lübbe AG

Originalausgabe

Umschlaggestaltung: Christiane Hahn, www.christianehahn.de
Einband-/Umschlagmotiv: © shutterstock/irin-k
Satz: Fotosatz Reinhard Amann, Aichstetten
Gesetzt aus der Adobe Garamond Pro
Druck und Einband: GGP Media GmbH, Pößneck

Printed in Germany
ISBN 978-3-8479-0558-5

1 3 5 4 2

Sie finden uns im Internet unter www.eichborn.de
Bitte beachten Sie auch www.luebbe.de

Manchmal weiß ich nicht mehr, wer ich bin. Das dauert ein paar Minuten, dann ist es vorbei, und ich bin wieder der alte Georg Kupinski. Verwirrt reibe ich mir den roten Schleier von den Augen. Mit der Zunge befühle ich die wunden Stellen im Mund, es schmeckt süß, faulig und nach Eisen. Ich habe mich gebissen, was ich da schmecke, ist mein Blut. Wenn ich tief Luft hole, riecht es, als ob ein uralter Teufel vor meiner Nase mit einer Schachtel Schwefelhölzer zündeln würde.

Die Ärzte schoben mich durch ihre Apparate und stellten mich auf den Kopf. »Von all den Schlägen muss Ihr Gehirn was abgekriegt haben«, meinten sie. »Da können bei Ihnen schon mal die Sicherungen durchbrennen.«

Die Ärzte haben keine Ahnung. Was da in meinem Kopf zischt, ist kein simpler Kurzschluss. Peng! Das Licht geht aus, und es wird einem schwarz vor Augen. So viele Schläge habe ich gar nicht abgekriegt. Die meisten habe ich nicht einmal gespürt. Mag sein, dass sie die Schaltkreise in meinem Hirn gestört haben. Das Netz von Nervenströmen ist zerrissen, befreit überspringen die Impulse die Regeln der menschlichen Physiologie. Mein Hirn kümmert sich nicht um Regeln, die tintenpissende Wissenschaftler aufgestellt haben.

Ich staune. Eine kurze Zeit bin ich verwirrt, dann genieße ich es. Nehme Dinge wahr, die kein Arzt aufspüren kann. Sie mögen noch so viele Drähte an meine Schläfen kleben und meinen Schädel mit ihren elektrischen Wünschelruten abtasten, sie werden nichts entdecken. In meinem Nervenwasser suchen sie nach einer Erklärung, tranchieren eine Scheibe meines Hirns unter dem Mikroskop, um in der grauen Masse etwas zu finden. Sie sehen nichts von den Wundern, die mich staunen lassen. Meine Augen zucken auf und ab wie die Herzen aufgeregter Wasserflöhe und können sich nicht satt sehen. Dieser brodelnde Ball aus Magma und Gas! Er ist von einer Weißglut, die jedes blickende Auge zu Asche zerfallen lässt. Der Feuerball strotzt vor Kraft. Und weil er nicht weiß, wohin damit, stürmt er durch meinen Kopf. Die Glut kühlt ab. Schwarzer Ascheregen rieselt auf die Berge und in die Täler.

Die Glut erlischt nie ganz. Selbst nach Milliarden von Jahren lauert ein Glimmen in der Asche, das sich nicht ersticken lässt: ein kleiner Feuerball, hungrig, immer auf dem Sprung, alles zu versengen.

Bis die Gelegenheit kommt auszubrechen, stellt er sich kalt und tot. Niemand ahnt, dass er noch lebt. Er hat Zeit. Unendlich viel Zeit. In unendlicher Zeitlupe tippt der kleine Feuerball durch mein Hirn.

Die Jahreswende verbrachte ich im Krankenhaus. Während die anderen draußen Raketen in den Himmel schossen, als ob es da oben etwas zu treffen gäbe, stand ich am Fenster und sah dem Feuerwerk zu. Billige Silvesterraketen gaukelten erhabene Gefühle vor. Desert Storm vom

Discounter. In jenem Jahr ging der Trend zum Systemfeuerwerk. Mit einer einzigen Zündschnur konnte man Dutzende von Raketen zünden und den Himmel zur bengalischen Wüste machen.

Sie hatten die Fenster vergittert. Dabei wäre ich nie durchs Fenster abgehauen. Einer wie ich geht durch die Tür, und zwar durch den Haupteingang. Der Dienstboteneingang ist für das niedere Volk da.

Manfred, den außer mir alle Manni nannten, stellte sich neben mich, starrte in den zuckenden Himmel und fragte: »Wo kann ich mich hier am besten umbringen?« Manfred war ein Träumer und glaubte noch an die große Liebe.

»Auf dem Klo«, habe ich ihm geraten. »Aber du musst dich beeilen. Wenn das Feuerwerk vorbei ist, kommen sie wieder rein. Dann hast du deine Chance verpasst.«

Manfred sah mich ängstlich an. »Hilfst du mir?«

Ich ging mit ihm aufs Klo. Manfred guckte an die Decke, ob der liebe Gott ihm nicht einen goldenen Strick herunterlassen würde, mit einer sternenbekränzten Schlinge, in die er nur den Kopf hineinstecken müsste, und Gott würde ihn sanft zu sich ins Himmelreich ziehen. Ich packte Manfred am Genick, drückte seinen Kopf in die Kloschüssel und ersäufte ihn.

Zum Schluss wehren sich alle, auch die Träumer. Wenn ihnen das Wasser in den Lungen steht und die letzten Luftbläschen aus ihnen rausssprudeln, zappeln sie wie verrückt. Das ist ein normaler Reflex, die wenigsten können dagegen an. Das hat nichts damit zu tun, dass sie nicht wirklich sterben wollen. Wenn nicht, ist es mir auch egal.

Was ich anfange, bringe ich zu Ende. Während sie draußen den Anfang des neuen Jahrs bejubelten, dachte ich: Gott, was bist du nur für ein grausamer Wicht!

Vor Gericht hatten sie es leicht. Ich erzählte ihnen, was sie wissen wollten. Warum auch nicht? Ich habe nichts zu verbergen. Das ist mein Leben, dazu stehe ich. Ich ärgere mich nur, wenn sie mir nicht glauben. Warum trauen sie mir nicht zu, dass ich diese Größe habe? Wie stellen die sich einen Typen vor, der zu so was imstande ist? Ich habe mich nie mit fremden Federn geschmückt. Das hat meinereiner nicht nötig. Ich gebe zu, ein paarmal habe ich mich geirrt. Aber das war keine Lüge, das war das Gedächtnis. Die Zwillinge, die ich mit ihren Lippen zu einem letzten Kuss zusammengenäht habe, die waren nicht von mir. Aber sie hätten genauso gut von mir sein können. Diesem perversen Anatom mit dem Filzhut habe ich auch nicht die Haut abgezogen und in Plastik gegossen. Ich weiß selber nicht, warum ich das behauptet habe. Vielleicht weil ich sein Bild in der Zeitung gesehen habe. An diesem leichengesichtigen Rattenfänger hätte ich sowieso keinen Geschmack gehabt.

Dafür habe ich andere Taten vergessen. Glanztaten, wie die drei Kinder, die mir zu Dreikönig als Kaspar, Balthasar und Melchior sternsingend ein Ständchen brachten und denen ich das Maul mit Mandarinen und Süßigkeiten stopfte, bevor ich sie an die Weihnachtsbeleuchtung des Kaufhofs knüpfte. Ihre Gesichter waren blauschwarz angelaufen, als sie am Morgen steif gefroren im Wind pendelnd gefunden wurden. Ich glaube, das eigene Entsetzen hat die drei erstarren lassen. Denn einen echten Winter mit klirrendem Frost und Schnee haben wir schon lange nicht mehr gehabt.

Ich erinnere mich noch genau, wie ich als Kind mit dem Schlitten gefahren bin. Wir sind die Müllkippe hinuntergerutscht. Haben Möwen und Krähen hochgescheucht, die unter der weißen Schneedecke nach Aas und Fraß suchten. Ich hatte damals eine Freundin. Das heißt, ich dachte, sie wäre meine Freundin. Wenn wir zusammen auf dem Schlitten den Berg hinunterrasten und die Vögel aufschreckten, war ich rettungslos verliebt und glücklich wie eine Krähenfeder im Wind.

Einen Menschen zu töten ist leicht, wenn man so weit ist. Ich war ein Frühentwickler. Schon im Mutterleib hatte ich diesen Killerinstinkt, versuchte, Löcher in die Gebärmutter zu reißen, sie durchzuboxen. Ich war zu schwach. Mit der Nabelschnur konnte ich mich nur selbst erwürgen und sie nicht um den Hals meiner Mutter schlingen.

Bei der Geburt zerriss ich ihr Innerstes, sodass sie noch im Kreißsaal verblutete. Meinen Vater traf der Schlag, als er mir das erste Mal in die Augen sah. Aber er war ein alter Mann, viel zu alt, Kinder zu zeugen.

Die Hebamme starb am Tag meiner Entlassung aus dem Krankenhaus am Wundfieber. Ich hatte sie gebissen, ohne einen einzigen Zahn. Schon damals merkte ich, welch giftige Kraft in mir steckt. Keiner hat mir an der Wiege gesungen, wie kinderleicht es ist, einen Menschen umzubringen. Und weil ich von der Macht des Todes, der allem ein Ende setzt, keine Vorstellung hatte, fürchtete ich ihn nicht. Dabei wäre ich so gerne ein guter Mensch geworden.

Ich wuchs bei meiner Tante Ruth auf. Nach außen spielte sie die Fromme, badete ihre knochigen Finger dreimal täglich im Weihwasserbecken der Kirche um die Ecke und ließ Rosenkranzperlen von ihren niveagecremten Lippen springen. Ein nie versiegender Strom geheuchelter Gebete. Zu Hause war sie der Teufel. Jemand anders als ich wäre zugrunde gegangen. Nicht weil sie mich dreimal täglich mit dem Rosenkranz schlug, das machte mir nichts aus. Ich hatte eine Lederhaut, eine glatte, weiße Lederhaut wie ein Sofa aus gefärbtem Büffelleder. Wenn sie mich in der Badewanne wusch, streichelte Tante Ruth meine Haut. Ich mochte das nicht. Als mir die ersten Schamhaare wuchsen und sie mich wie jeden Freitag in die Wanne stellte, um mir den Schwanz mit Haarshampoo zu waschen, drehte ich ihr den Hals um. Das offene Maul stopfte ich ihr mit dem Rosenkranz, mit dem sie mich drei mal drei plus drei Jahre lang traktiert hatte. Die Drei war nun einmal ihre heilige Zahl.

Tante Ruth hatte sich einen Sarg aus Eiche gewünscht und einen Priester, der ihr die Totenmesse las. Deshalb ließ ich sie verbrennen und spülte ihre Asche in die Kanalisation.

Schon als Kind hatte ich keine Freunde. Mich wundert das nicht. Ich habe etwas in den Augen, das jeden erschrecken lässt: ein Glimmen, an dem man sich eine Zigarette anzünden kann. Selbst Tante Ruths blinder Köter machte einen Bogen um mich. Er konnte mich nicht sehen, aber er roch den Schwefel, den ich ausatme.

Wer mich nicht riechen kann, läuft davon, wenn ich den Mund aufmache. Meine Stimme kann Glas zerspringen, Beton zerbröckeln und Stahl schmelzen lassen, Trommelfelle zerplatzen wie rohe Eier unter den Hufen einer Herde beschlagener Wildpferde.

Selbst wenn ich keinen Ton von mir gebe, im stockdunklen Keller sitze, sodass mich keiner sehen kann, in einem zugeschweißten Aquarium schwebe, das weder Wasser noch Gestank frei lässt, sie spüren, dass ich da bin. Sie fürchten, ich könnte aus meinem Gefängnis ausbrechen und sie umbringen.

Das war nicht immer so. Ich war ein liebes Kind. Und ein schönes Kind. Eines, bei dem die Leute auf der Straße stehen bleiben, sich umdrehen und mit seligem Grinsen blöken: »Nein, guck mal! So ein schönes Kind!«

Klar, dass ich ein eitler Pfau geworden bin. Es sind die Leute, die einen so werden lassen. »Ei, so einen hübschen Jungen habe ich ja noch nie gesehen! Und was hast du für eine feine Haut!« Ich habe mich meiner Haut gewehrt, mir schuppige Panzerplatten und schwarze Fliegenhaare zugelegt, die jede streichelnde Hand blutig stechen und jede Rasierklinge springen lassen.

Es war die erste große Liebe, die mich irre gemacht hat. Ich habe ihr mein Herz geschenkt. Sie hat kalt lächelnd mit ihren Fingernägeln hineingestochen. Es hat geblutet, sie hat gelacht. Sie hat mein Herz in die Hände genommen und kräftig hineingebissen. Ihr Mund war verschmiert, es gefiel ihr, wie ein Raubtier auszusehen, Fleischfasern zwischen den Zähnen, Blut um die Lippen. Sie hat mein Herz ausgespuckt, doch es war zu spät. Schon bekam sie keine Luft mehr, griff sich mit ihren rot lackierten Fingernägeln an den Hals, rollte die Augen und blickte verwirrt auf den Boden, wo mein zerbissenes Herz auf sie wartete. Komm schon, meine Liebe! Wer wie ich sein Herz zum Fraß anbietet, vergiftet es auch. Vergiftete Herzen suhlen sich im Dreck. Du kannst sie treten, ihnen tut nichts weh.

Aber du, meine Liebe, du spürst den Schmerz, die Luftnot. Das atemlose Verrecken geht schnell. Doch langsam genug, um zu spüren, wie weh das Sterben tut. Du hast mich umgebracht, jetzt nehme ich dich mit. Was ist? Deine Beine knicken ein, ich weiß. Das ist normal. Im Schlachthof sieht man das jeden Tag. Du hast mein Herz zerrissen, jetzt zerreißt es dich. Dein Leben läuft in Sekunden vor dir ab. Wie ein Film, du kennst das aus dem Kino. Du armes Ding! Der Tod hat kein Erbarmen mit dir, schon nach drei Sekunden wiederholt sich der Film. Mehr hat das Leben dir nicht geboten als diese drei Sekunden, genau die Zeit, die ich gebraucht habe, um *Ich liebe dich!* in dein Ohr zu stammeln. Du hast nur gegrinst. *Armer Irrer!* Und schon hattest du mich vergessen.

Ich vergesse nichts. Ich habe ein Elefantenherz, das keinen Schmerz vergisst. Egal, ob jemand einen blutroten Fingernagel oder eine brennende Zigarette hineinsteckt. Ich achte darauf, dass sich die Wunden nicht schließen, sie sollen mich an meine Rache erinnern. So ist das mit einer großen Liebe, wenn sie verschmäht wird. Dabei werde ich dich immer lieben, tot und lebendig. Du bist mein Ein und Alles. Spürst du, wie dein Herz pocht? Nein? Es hat aufgehört zu schlagen? Es ist aus? Zu Ende? Schade.

Nach der ersten großen Liebe kam die zweite: ein Engel, unschuldig wie aus dem Gebetbuch und dumm wie ein blauäugiges Kind. Kein Erzengel Gabriel mit dem flammenden Schwert in der Hand, der wie ein Türsteher vor der Prominenten-Disko das Tor zum Paradies bewacht.

Mein Engel! Du hast mich angelächelt, warm, nicht kalt. Du hast dich nicht an meinem Gestank gestört, hast ihn überhaupt nicht gerochen. Für dich war alles schön und gut. Du bist auf einem Bein in mein Herz gehüpft, Himmel und Hölle. Vorher hast du deine Schuhe ausgezogen, um mir nicht wehzutun. Du hast mich den Tod vergessen lassen. Alles änderte sich, als ich dir begegnete, du hast mich süchtig nach Leben gemacht.

Auch ich hatte Angst, dir wehzutun. Doch als du deine Finger in meine offenen Wunden gelegt und mich voller Staunen gefragt hast: »Tut das nicht weh?«, wusste ich, dass ich bleiben würde, was ich bin: ein Monster. Du hast mit Schmetterlingsflügeln meine Wunden geküsst, und sie haben sich geschlossen. Keine Narben, keine Spuren der Vergangenheit, ein reines Wunder. Meine Haut strahlte glatt und schön. Ich erkannte mich nicht wieder. Selig hüpfte ich mit dir durch die Straßen. Wir hüpften auf weißem Marmor, so glatt und weiß, dass sich unsere Träume in ihm spiegelten. Ich war verliebt in einen Engel und wusste nicht einmal seinen Namen.

Natürlich heißt du Eva. Wie sonst? Gott selbst hat dich aus meinen Rippen geschnitten. Du hast mich auf der Straße angesprochen. »Kann ich heute Nacht bei dir schlafen?«

Ich habe meinen Ohren nicht getraut. Du hast nicht wie eine Hure ausgesehen. Auch nicht wie eins von den kleinen Mädchen hinterm Bahnhof, die von zu Hause weggelaufen sind. »Ich habe mich verflogen und bin müde«, hast du mir erzählt. Du warst keine von den Verrückten, die man immer häufiger auf den Straßen trifft. Sie sprechen mit sich selbst, der Speichel läuft ihnen aus dem Mund. Sie haben nur Augen für das Straßenpflaster, als ob der Herr der Finsternis es jeden Moment aufreißen würde, um sie zu sich in den Abgrund zu holen.

Du warst so schön! Ich habe gespürt, dass dies das letzte Mal in meinem Leben ist, dass ich jemandem begegne, der alle meine Leiden lindern kann. Nein, nicht nur lindern, *heilen!*

»Ja, du kannst bei mir schlafen.« Du hast es wie selbstverständlich genommen und mir deine Hand gegeben, lächelnd wie ein Kind, das sich jemandem anvertraut, wenn es sich verlaufen hat. Ganz ohne Angst. Und ich habe gedacht: Sieht sie nicht den Aussatz auf meiner Haut? Riecht sie nicht die Fäulnis? Spürt sie nicht den Tod, der durch jede Pore meines Körpers tropft? Selbst mein Atem lässt die blaue Luft erblassen.

Du warst so unbefangen, so freundlich, so voller Vertrauen, dass ich an mir gezweifelt habe. Bin ich wirklich der böse Geist, der durch die Gossen stampft, suchend, wen er vernichtet?

Dein Lächeln hat mich wehrlos gemacht, sodass ich mir die Augen auskratzen wollte. Lieber ein blindes Monster sein, als deine Unschuld sehen zu müssen.

Zu Hause habe ich dir die Couch zurechtgemacht, aber du wolltest mit in mein Bett. Nicht weil du Mitleid mit meiner Geilheit hattest und dich für meine Gastfreundschaft erkenntlich zeigen wolltest. Ich glaube, du wusstest nicht einmal, was Geilheit ist. Du wolltest mit in mein Bett, weil ein Bett zum Schlafen da ist. Staunend hast du mir zugeschaut, wie ich die Couch mit einem Laken bezogen und dir eine Decke gegeben habe. Über dem Staunen bist du eingeschlafen. Als ich dich hochgehoben habe, warst du leicht wie eine Feder. Gerade wollte ich dich aufs Bett legen, als ich diese knöchernen Höcker auf deinem Rücken fühlte. Waren das deine Schulterblätter? Sie passten gar nicht zu deiner weichen Erscheinung, zu deinen Pausbacken und dem Mund, der im Schlaf so süß schmollte.

Ich habe dich ausgezogen. Als du nackt vor mir lagst, habe ich die zusammengeklappten Flügel gesehen. Ja, du warst ein Engel. Ich bin in die Küche gegangen und habe die Geflügelschere geholt. Du solltest mir nie mehr wegfliegen. Als ich dir die Flügel abgeschnitten habe, hat es nicht einmal geblutet, nur ein wenig geknirscht, ganz leise, du bist nicht einmal wach geworden.

Ich habe dich lange betrachtet. Mein nackter, flügelloser Engel! Dann habe ich mich zu dir gelegt. Du warst warm und weich, dein Atem ging ruhig und regelmäßig. Ich schlief das erste Mal in meinem Leben tief und fest, ohne die schrecklichen Träume, die mich schon im wachen Zustand wie Schmeißfliegen umschwirren und nur darauf warten, dass ich die Augen schließe, um mich zu überfallen.

Am nächsten Morgen warst du fort. Kein Zettel, keine Nachricht, nicht einmal ein Fluch. *Du Schwein! Warum hast du mir das angetan?* Fast habe ich gedacht, alles sei nur ein Traum gewesen. Doch dann habe ich deine Flügel im Abfalleimer gefunden, schmutzig und verklebt. Ich hatte den Aschenbecher über sie ausgeleert und sie mit leeren Flaschen zugedeckt.

Ich durchsuchte die Stadt nach dir. Jeden Sündenpfuhl, in den Gott seine Engel senden könnte, wühlte ich auf. Ich fand nur Schlamm, hier und da eine zerfledderte Taubenfeder. Ich suchte dich in den leeren Kirchen und fand nicht einmal dein Bild. Mein Gott, warum hat sie mich verlassen? Was habe ich schon Schlimmes getan? Einem Engel die Flügel abgeschnitten, na und? Der Mensch muss sein Leben lang ohne Flügel auskommen! Hat er sich je beschwert, dass er keine Flügel hat? Nein! Er hat davon geträumt, fliegen zu können. Und daran gearbeitet, dass sein Traum wahr wird. Die Maschinen, die ihn in die Lüfte tragen, rosten schneller als eine Geflügelschere, also was soll die Aufregung? Mein Engel, komm zu mir zurück! Bitte, ich tue es auch nicht wieder! Aber ich warne dich: Wenn du nicht zurückkommst, werde ich dich hassen bis an mein Lebensende.

In einer Absteige hinterm Bahnhof habe ich dich gefunden.

»Du bist dick geworden.«

»Das kommt davon, dass ich keine Bewegung mehr habe.«

Du hast deine fetten Oberarme angelegt und mit ihnen geschlagen, als wären sie gerupfte Engelsschwingen.

»Bist du mir böse?«

»Warum?«

»Weil ich dir die Flügel abgeschnitten habe.«

»Die habe ich schon lange vergessen.«

Du hast eine wegwerfende Handbewegung gemacht, und ich habe deine abgekauten Fingernägel gesehen, von denen der Lack absprang.

»Gibst du mir einen aus«, hast du mich gefragt. Du hast das Bier und den Schnaps in einem Zug runtergekippt.

»Noch einen«, hast du mich angeblinzelt.

Ich habe genickt, denn ich war schuld. Ich habe bezahlt, bin gegangen und habe geschworen, dich nie wiederzusehen. Ich habe mich nicht einmal umgedreht. Obwohl mich dein Lachen spitz und kalt wie ein Schwert ins Genick stach.

Vor der Tür atmete ich tief durch. Endlich schmeckte ich ihn wieder, den vertrauten Geruch von Schwefel, Pest und Hölle, meinen einzigen Freund, der mich immer begleitet hat. Komisch, dachte ich. War der die ganze Zeit fort, oder habe ich ihn nur nicht wahrgenommen?

Ich nahm ein Taxi, ließ mich ins Industriegelände fahren. Der Taxifahrer stank nach Knoblauch. Ich zerbiss ihm die Kehle. Abends fuhren die Taxifahrer schwarzen Trauerflor an ihren Antennen spazieren.

Ich bin doch wieder zu der Absteige gegangen. Du bist fetter geworden. Die Haare sind dir ausgefallen. Deine Zähne sind schwarz geworden, deine restlichen Haare grau. Mit deinen abgebrochenen Fingernägeln hast du dich gekratzt, alles hat sich entzündet. Das waren keine Tränen, die aus deinen Augen tropften, das war Wundwasser. Trotzdem hast du gelächelt. Ich hätte dir die Welt in einem Glas serviert, die Eisberge zu Würfeln gehauen, du hättest nur mit den Fingern schnippen müssen. Aber du wolltest nur ein Bier.

»Und noch eins, bitte.«

Deine Augen leuchteten noch immer, und ich bin in ihrem Blau ertrunken.

Etwas hat jeder, ein gebrochenes Jochbein oder ein gebrochenes Herz. Da helfen keine Schlaftabletten. Mein kleiner Engel, du hast gedacht, wenn du tot bist, stehen alle an deinem Grab und heulen. Und du stehst von den Toten auf. Alle sind glücklich, nehmen dich in den Arm und haben dich lieb. In Russland ziehen sie zum Jahresgedächtnis auf den Friedhof. Mit Tischen und Stühlen, Kartoffelsalat und Wodka. Die Mexikaner feiern mit ihren Toten gegen das Vergessen. Auf Madagaskar holen sie ihre toten Mumien aus den Gräbern und setzen sie mit an den Tisch. Prost! Auf das Leben! Auf die, die wir lieben! Wen soll der Tod da schrecken?

Die guten Zeiten sind vorbei. Wirtschaftskrise, kein Geld mehr, aus der Traum. Massengräber. Zu viele Massaker, zu viele Selbstmordanschlage, zu viele Tote. Die Engel lassen müde die Flügel hängen. Sie sind zu erschöpft, die hingemordeten Seelen ins Reich Gottes zu fliegen. Nach Luft schnappend liegen sie auf den Straßen der zerbombten Städte, auf den Schlachtfeldern und Friedhöfen und reiben sich den Pulverdampf aus den Augen. Kein Wunder, dass sie nicht mehr wissen wohin und sich auf der Suche nach dem ewigen Leben verfliegen.

Man muss sich auf Friedhöfen auskennen wie ich, um

sie zu lieben. Dann gibt es keinen schöneren Ort auf der Welt. Man will nie mehr weg. Eva liebte es romantisch, auf dem Südfriedhof bei schwarzen Räucherkerzen und Weihrauch. Noch lieber war ihr ein wütendes Gewitter mit Blitz und Donner, mit der erregenden Angst, bei der innigsten Umarmung zusammen mit mir vom Blitz erschlagen zu werden. Eva glaubte, dass in einer einzigen Gewitterwolke die Seelen Millionen toter Lebewesen zusammengepresst sind. Sie warten nur darauf, ihren Hass auf alles Lebende mit einem Schlag zu entladen und so die ewige Ruhe zu finden. So ein verfluchtes Gewitter kann nur erlöst werden, wenn es auf ein glückliches Paar trifft, das sich im Zustand der Sünde liebt.

Wenn sich am Himmel schwarze Wolken zusammenziehen, nimmt Eva eine Spule mit Klingeldraht aus der Tasche und bindet ihn um unsere Fußgelenke. Wir liegen nackt auf einem großen Gräberfeld. Eva schwört, das Zischen und Flüstern der toten Seelen zu hören. Der Klingeldraht ist die Antenne, unsere nackten Leiber sind der Empfänger. Wir müssen uns nur in die richtige Position legen und die Wellenlänge des Gewitters erwischen, dann hören wir Millionen von Stimmen!

Ich habe nichts gehört. Ich habe nur Angst gehabt, dass der Blitz in den Klingeldraht einschlägt. Eva hat alles gehört. Sie war hingerissen. Was ihr die Stimmen erzählt haben, hat sie mir nie verraten. Das seien qualvolle Geheimnisse, nur ihr anvertraut, nicht zu ertragen. Für den Fall, dass sie vor mir sterben würde, musste ich Eva schwören, ihre Leiche zu verbrennen und die Asche übers Meer zu streuen. »Wer weiß, wie ich bin, wenn ich einmal tot bin. Niemand soll sich mein Gejammer und Wehklagen anhören müssen, wenn er über den Friedhof geht. Niemand soll sich vor mir fürchten müssen.«

»Und was ist mit den Fischen, wenn sie deine Asche fressen?«

»Fische sind kalt und gefühllos.«

Eva hat die Geheimnisse der Toten nicht einmal Mona verraten. Dabei war Mona ihre beste Freundin. Die beiden hingen aneinander wie die Kletten und waren doch wie Feuer und Wasser. Eva mit ihrer durchsichtigen Haut. Ganz in Schwarz gekleidet wie ein französisches Chanson summte sie von halb entblößten Hühnerleichen, die nachts in Pastorenteichen schwimmen und dabei von Ratten angenagt werden. Eva hätte nie meine Wäsche gewaschen wie Mona. Mona mit ihrem großen Herzen! Man konnte das letzte Hemd von ihr haben und das Höschen dazu. Mona öffnete nicht jedem Herz und Schenkel, aber bei mir war sie nicht geizig. Auch wenn Eva Monas beste Freundin war und ich eigentlich Eva gehörte. Das Fleisch ist nun mal schwächer als die Freundschaft. Mona schlug ihre Zähne in mich wie in einen knusprigen Hähnchenschenkel und schnüffelte zwischen meinen Beinen wie ein ausgelassenes Trüffelschwein.

Mit Eva war das anders. Wenn sie mit mir auf den Friedhof zog und sich unter der Kastanie ins Gras legte, roch sie nicht den Duft der Blumen, sondern den Tod. Eva dachte immer an den Tod. Sie parfümierte sich mit Mottenpulver und trug Mottenkugeln als Ohrringe. Wenn ich meine Finger spinnenbeinartig ihre Schenkel hochkrabbeln ließ und mit ihrem Schamhaar Zöpfe flocht, seufzte sie nur: »Lass! Wozu soll das gut sein?« Sie schob meine Hand weg. »Hat doch alles keinen Sinn.«

Mir geht das Gedicht von dem alten Pharao durch den Kopf. Der Pharao fürchtet sich vor dem Sterben. Er hat nicht genug Geld, sich seine Pyramide bauen zu lassen. Er weiß, dass er sich schon zu Lebzeiten um seine Beerdigung kümmern muss. Denn wer erinnert sich nach 3000 Jahren an ihn, wenn nicht eine mächtige Pyramide seinen Namen trägt? Wer würde den Namen Tutanchamuns kennen, wenn seine Mumie am Stadtrand von Kairo im Wüstensand verscharrt worden wäre? Der Pharao ist kein Mozart, der in Hülle und Fülle unsterbliche Musik hinterlassen hat. Ein Mozart wird auch im Massengrab nicht vergessen.

Es sprach der Pharao zu seiner Tochter Isis
Mein Kind, ich steh vor einer Krisis
Drum gehe in ein Freudenhaus
Da springt so manche Mark bei raus.

Abends nach Betriebsschluss gibt es überall leere Parkplätze. Am Hafen, im Industriegebiet, überall liegen beschissene Slips und Papiertaschentücher, vollgerotzt mit Sperma. Die Drecksäcke laden sich ein kleines Mädchen, nicht viel älter als meine Marie, in den Wagen und lassen sich im Auto einen blasen. Schnelles Geld, die Fixer können nicht rasch genug zurück ins Hotel kommen, um sich ihren Schuss zu setzen. Die Erinnerungen krabbeln mir wie Schmeißfliegen auf der Stirn, ich verscheuche sie, im Nu sind sie wieder da.

Die zwei Toten waren halbe Kinder. Mir schießen die Tränen in die Augen. Keinen Arsch in der Hose, die Schamhaare noch nicht ausgewachsen. Hand in Hand lagen sie nackt auf dem Bett. Was suchten zwei halbe Kinder in dieser Absteige? Glaubten sie, im Märchenland zu leben? Auf der Flucht vor schrecklichen Stiefmüttern, die sie mit einem goldenen Apfel vergiften wollten? Rannten sie vor ihren lallenden Vätern weg, die ihnen an die Wäsche wollten?

Es kamen Männer von den Fidschi-Inseln
Mit Widerhaken an den Pinseln
Männer von den Philippinen
Mit Eiern dick wie Apfelsinen.

Die beiden lagen da wie Prinz und Prinzessin. Der Zauberer, der ihnen den goldenen Schuss verkauft hatte, war selbst noch ein Kind. Trotz der Pickel in seinem Arschgesicht erschien er ihnen wie ein gütiger Alchimist, der schlimme Erinnerungen in beglückende Träume verwandeln konnte und hungrigen Kindern für ein paar Atemzüge die Unschuld zurückgab. Ich wühlte in ihren Habseligkeiten herum und schrieb alles auf: 5 gebrauchte Mickey-Mouse-Hefte, 3 Kaugummis ohne Zucker, 1 angebrochenes Päckchen Tabak Marke Bison, 1 Päckchen Zigarettenpapier, 1 Bic-Feuerzeug, rot, und 7,15 DM in kleinen Münzen. Damals gab es noch die D-Mark. Heute gibt es den Euro. Alles ist teurer geworden, sonst hat sich nicht viel verändert. Wirklich nicht? Es geht alles so schnell. Ich weiß nicht einmal, wie das alte Geld ausgesehen hat. Aber ich weiß, dass es fünf Wochen gedauert hat, bis wir die beiden toten Kinder identifizieren konnten. Sie hatten keine Papiere bei sich, und ihre Fingerabdrücke waren nirgendwo erfasst.

Auch Männer aus dem Land der Bayern
Mit Hakenkreuzen auf den Eiern
Und Knaben, deren Lustgebein
War noch mikroskopisch klein.

Das soll's gewesen sein? So jung und schon alles aus? In einem versifften Hotelbett? Immerhin waren sie nicht allein verreckt. Wird mir jemand Händchen halten und mit mir krepieren, wenn es so weit ist? Ich habe das Fenster aufgemacht, weil die beiden Leichen schon rochen.

Und Isis tat wie ihr befohlen
Sie machte jede Menge Kohlen
Und durch die Kraft der vielen Pimmel
Wuchs die Pyramide in den Himmel.

Die Pathologen schnitten die kleinen Körper auf. Sie fanden nichts. Der Aids-Test war negativ. Unter dem Mikroskop entdeckten sie Gonokokken, beide Kinder hatten den Tripper. Ich spürte den Arzt auf, der sie behandelt hatte. So fanden wir heraus, wer die Toten waren. Die Leichen wurden wieder zugenäht und den Eltern zur Beerdigung zugeschickt.

Natürlich hat alles seinen Sinn. Da kann Eva sagen, was sie will. Mona hat mich verstanden. Mit ihr machte das Leben auch an einem nasskalten Herbstabend Spaß. Mona arbeitete als Verkäuferin im Kaufhof in der Kurzwarenabteilung. Kein Mensch weiß, was für Unmengen Knöpfe es gibt. Ich habe so getan, als ob ich einen Hosenknopf suchte. Bis Mona kam und fragte: »Kann ich dir helfen?« Ich habe nur auf ihre Brüste gesehen, und Mona hat gesehen, dass ich nur auf ihre Brüste gesehen habe. Obwohl ich sofort wieder weggesehen habe.

»Kann ich dir helfen«, hat sie mich zum zweiten Mal gefragt. Den ganzen Tag über hatte ich vor dem dreiteiligen Spiegel im Schlafzimmer meiner Eltern geprobt, was ich sagen wollte, und jetzt starrte ich nur auf Monas Brüste.

»Kann ich dich nach der Arbeit abholen?«

»Ja«, hat sie gesagt. »Aber sag es nicht Eva.«

Ich war glücklich. Ich hatte keine eigene Wohnung, kein Auto, nur den Trampelpfad an der Friedhofsmauer. Unter ihrem Pullover befühlte ich Monas Brüste, große Brüste, wie ich sie noch nie berührt hatte. Ich rutschte auf dem nassen Laub aus, aber Mona hielt mich fest. Sie knutschte mit offenen Augen, das machte mich noch nervöser, ich kriegte ihren Büstenhalter nicht auf. Mona nahm die Zunge aus meinem Mund, machte es selber und drückte mir ihre Brüste in die Hände. Ich nahm erst die linke und dann die rechte, beide gleichzeitig ging nicht. Ich saugte an den Nippeln, wühlte meinen Kopf zwischen ihre Brüste und dachte, mein Gott, wie geht das bloß weiter? Der Regen lief mir den Nacken hinunter. Ich wollte Mona wieder küssen, aber sie wollte nicht.

»Hast du's noch nie gemacht?«, fragte sie.

»Doch! Gestern noch!«, antwortete ich und küsste ihre Wange.

»Mit wem denn?«

»Sag ich dir doch nicht!«

»Mit Eva?«

»Wenn du's sowieso schon weißt, ja, mit Eva.«

»Hast du nämlich nicht. Eva vögelt nicht. Mit dir nicht und mit niemand anderem auch nicht«, spottete Mona.

Ich wurde rot vor Scham und Wut, weil sie recht hatte. Eva und ich, wir waren beide Jungfrau. »Na und?«

»Nichts!« Mona lachte und griff mir zwischen die Beine. Ich fühlte, wie sie nach meinem Schwanz tastete und ihn drückte. »Immer nur knutschen ist langweilig.« Sie machte sich an meinem Gürtel zu schaffen. Das Metall klirrte, die Schnalle schnappte auf, der Reißverschluss sirrte so laut, dass ich fürchtete, die Toten auf der anderen Seite der Friedhofsmauer würden erwachen. Monas Hand schlüpfte in meine Hose und tastete nach meinem Schwanz. »Komm, mach es bei mir auch so«, flüsterte sie in mein Ohr und leckte ein paar Regentropfen weg. Ich tastete hin. *Sesam, öffne dich!* Die Knöpfe ihrer Hose sprangen auf. Ungeduldig nahm Mona meine Hand und steckte sie in ihren Slip. Feuchte Locken, ich kraulte sie wie das Fell des Kaninchens, mit dem ich so lange spielen durfte, bis mein Vater ihm mit dem Karnickelfangschlag das Genick brach, ihm das Fell über die Ohren zog und meine Mutter es nackt in den Backofen schob.

»Du kratzt!« Mona zuckte zurück. Ich nahm meine Hand weg. Doch Mona nahm sie sofort wieder und steckte sich meinen Zeigefinger in ihre Spalte. Mein Gott, ist das Leben schön! So schön wird es nie wieder sein! In Monas Schlüpfer war es so nass, dass ich dachte, es hätte reingeregnet. Ich hatte von nichts eine Ahnung. Man konnte mir schon als kleinem Jungen die größten Märchen erzählen, ich habe alles geglaubt. »Weißt du, dass Mona ein riesengroßes Loch zwischen den Beinen hat?« Jeder wusste es. Jeder behauptete, dass er als Erster Monas sagenhaftes Loch gesehen hatte. »Wenn Mona die Hose runterzieht, kannst du durch ihr Loch gucken wie durch Luft!«

Ich stand an die Friedhofsmauer gedrückt und spielte mit meinem Finger in Monas nassem, sagenumsponnenem Loch.

»Moment«, flüsterte sie. Mit einer Hand zog sie ihre Hose runter, mit der anderen umklammerte sie meinen Schwanz, hielt sich an ihm fest, um nicht das Gleichgewicht zu verlieren, dann stieg Mona aus der Hose. Alles, ohne meinen Finger aus ihrer Spalte zu verlieren. Halbnackt standen wir da, schwankten im Regen. Plötzlich packte Mona meinen Schwanz mit beiden Händen und streifte mit einem Ruck die Vorhaut zurück.

»Aaaahhh!« Ich zuckte, Mona ließ ihn nicht los.

»Was ist?«, fragte sie.

»Nichts«, sagte ich.

Mona striegelte ihn weiter. »Tut das weh?«

»Ein bisschen.«

»Sei ehrlich«, wisperte sie. »Du machst es heute zum ersten Mal, oder?« Sie steckte ihre Zunge in mein Ohr. »Stimmt's?«

»Das kitzelt! Ja! Ja! Ja!« Mir war egal, was Mona von mir dachte.

Mona stand nackt vor mir. Ihre Klamotten hatte sie auf die Friedhofsmauer gelegt. »Zieh dich auch aus.«

»Was ist, wenn jemand kommt?«

»Bei dem Wetter? Wer soll da kommen?«

Was sollte ich Eva sagen? Wir hatten geschworen, einander nie zu betrügen.

Ich erinnere mich genau, als wäre es heute, dass Eva behauptete, sich im Präpariersaal mit dem Tod angefreundet zu haben. Sie würde die aufgeschnittenen Leichen jetzt mit derselben sachlichen Neugier betrachten wie die Schautafeln im Anatomieatlas. Dieselbe Eva, die sonst empfindlich wie eine Schneeflocke unterm Brennglas war, behauptete, sie könne das Innere einer Leiche genauso kalt und emotionslos studieren wie ein Techniker, der in den aufgeschraubten Fernsehapparat guckt und dabei mit dem Finger über den Schaltplan fährt. Alles eine Sache der Gewöhnung.

Ich habe Eva kein Wort geglaubt. Der Mensch gewöhnt sich nicht an alles. Und wenn das Hausfaktotum der Anatomie die Knochensäge aufjaulen ließ, die Schädelkalotte aufriss und das Hirn bloß legte, wenn die Sägezähne sich kreischend durch die Wirbelsäule bissen, sich im Knochen festfraßen und feuchtes Mehl ausspuckten, wenn die Leichen ungelenk auf den glatten Tischen zappelten und sich nur mit Kraft und Mühe niederhalten ließen, dann kam die Angst und sprang Eva an. So hatte sie sich den Glöckner von Notre Dame vorgestellt: Quasimodo, diesen Krüppel, den man holt, wenn es gilt, die Drecksarbeit zu erledigen. Ein ungeschlachter Kerl, dem es Lust macht, Ekel zu erregen. Denk dir eine Arbeit aus, so widerlich und schmutzig, dass schon der Gedanke daran zum Brechen reizt, ein Kerl wie der spuckt in die Hände und lacht: »Na und? Ist das alles? Da habe ich anderes auf dem Buckel!«

Mit einer Aussprache, feucht wie seine Knochensäge, raunt Quasimodo mit zwinkerndem Triefauge Eva zu: »Soll ich dir meinen Buckel zeigen? Du darfst dich an ihm reiben. Das ist geil und bringt Glück.«

Bevor er geht, lässt Quasimodo die Säge aufheulen – wie er es immer tut, bevor er einer Toten das Schambein durchsägt.

Eva schreckte aus dem Schlaf. Sie hatte geträumt, dass Quasimodo sich an der jungen Toten von Tisch 17 verging. Das Mädchen war mit ihrem Freund bei einem Motorradunfall aus der Kurve getragen worden. Der Freund lag nur vier Tische weiter und konnte der Armen nicht helfen, als sich das sabbernde Schwein an ihr verging. Er wollte zu ihr, aber er konnte nicht. Seine abgetrennten Beine traten in der verzinkten Kiste, in der sie über Nacht gelagert waren, blind ins Leere und ließen das Formalin schwappen.

Es kam, wie es kommen musste: Eines Nachts besuchte Quasimodo Eva in ihrem Schlafzimmer. Durch die Rollläden fiel kein einziger Lichtstrahl. Eva konnte Quasimodo nicht sehen, sie hörte nur seinen schleifenden Gang und das Klappern der Sägezähne. Starr lag sie im Bett. Die Augen weit aufgerissen spürte sie, wie Quasimodo näher kam, das Plumeau wegzog, zu ihr ins Bett stieg und sich neben sie legte. Jetzt roch sie seinen Atem. Quasimodo roch nach Bier, Blutwurst, Zwiebeln und

Formalin. Ächzend drehte er sich zu ihr herüber, das Bett knarrte.

»Du darfst dich an mir reiben!«

Eva spürte die Zähne der Knochensäge an ihrem Hals. Sie ritzten ihre Haut, und sie bekam keine Luft. Langsam tastete ihre Hand zur Nachttischlampe. »Das muss ein Traum sein«, dachte sie. »Ich liege in meinem Bett und nicht in der Anatomie!«

Eva hatte Angst, das Licht einzuschalten. Was wäre, wenn er doch da läge? Wenn der widerliche Kerl tatsächlich neben ihr im Bett lag und sie angrinste? Nackt wie eine bucklige Qualle! Wenn er ihr die Knochensäge ans Schambein hielt und sie kurz aufheulen ließ? Sie fühlte Quasimodos sabbernden Sprühregen im Gesicht. »Reib dich an mir! Das ist geil und bringt Glück«, flüsterte er. Eva weinte, weil sie sich nicht traute, das Licht einzuschalten. Am nächsten Morgen sah sie, dass sie ins Bett gemacht hatte.

In dem weiß gekachelten Saal lagen insgesamt zwanzig Leichen auf den Tischen. Steif wie Bretter, das Fleisch braun und aufgequollen. Es roch nicht nach Tod, sondern nach dem Formalin, das in die Leichen gespritzt worden war, um sie frisch zu halten. Es stach in die Nase. Zwölf Studenten standen um eine Leiche. Eva war auf der linken Kopfseite eingeteilt. Anfangs wurde ihr schlecht. Das legte sich mit der Zeit, der Mensch gewöhnt sich eben doch an alles.

Für mich war es nicht mehr normal, als Eva begann, sich zwischen den Leichen wohlzufühlen. Sie schwärmte von der Stille und dass man keine Angst zu haben bräuchte.

Die Toten ruhten majestätisch auf dem blanken Stahl. Sie waren mit ihrer abgezogenen Haut zugedeckt, damit sie nicht austrockneten. Sie hatten keine Gesichter und keine Namen, nur eine Tischnummer. Vielleicht hatten sie eine unsterbliche Seele, wenn die nicht durch die Klimaanlage ins Freie geflattert war. Wie kommt die Seele in den Himmel? Fliegt sie? Hat sie Flügel wie ein Huhn oder wie eine jubilierende Lerche? Steigt sie empor wie die flirrende Luft über einer Kerze? Und wenn der Himmel oben ist und die Hölle unten, wie kommt die Seele nach unten? Im Sturzflug?

Jeder hat seinen Glauben. Die einen glauben an Gott und das ewige Leben, andere an die Wiedergeburt als Kuh oder Filmstar, andere glauben an nichts oder ans Geld. Eva stellte sich vor, was für ein Gesicht der Totenkopf auf ihrem Schreibtisch beim Jüngsten Gericht machen würde, wenn er nach dem Rest seines Körpers Ausschau hält. Der auferstandene Rumpf torkelt zurück ins Grab, durchwühlt mit Knochenfingern die Erde nach seinem Kopf und findet nur seinen Unterkiefer. Das Jüngste Gericht, was für ein Chaos! Amputierte Beine stolpern über abgehackte Diebeshände, abgeschlagene Königshäupter streiten sich mit guillotinierten Mörderköpfen um die passenden Rümpfe. Im Anatomischen Institut platzen die Glasbehälter mit der hundertjährigen Präparatesammlung. Die monströsen Fehlgeburten mit zwei Köpfen und vier Armen, jahrelang in Alkohol eingelegt, wanken besoffen durch die Glasscherben und zerschneiden sich die blutleeren Füße. Sie brechen die Kühltruhen auf, befreien die gehäuteten Namenlosen und tanzen mit ihnen hinaus in die laue Sommernacht. Ein Walzer ohne Ende.

Eva glaubte, dass die Toten in der Welt herumirren. Auf der Suche nach menschlicher Wärme laufen sie durch Eisentüren und Beton und legen sich zu einem ins Bett, um sich an einen warmen Hintern zu pressen. Eva hat sie nie leibhaftig gesehen, doch sie spürte ihre Gesellschaft.

Und dann fand sie den Käfer im Bett. Ein schönes, blauschwarzes Tier. Der Käfer kroch über das weiße Laken auf sie zu. Ich zählte hundert Gründe auf, warum es ganz normal war, dass er sich in ihrem Bett befand. Doch Eva glaubte unerschütterlich, dass der Käfer zusammen mit einem Toten in ihr Bett gekommen war. Als der Tote wieder zurück in die Kälte musste, ist der Käfer geblieben. Jetzt wusste er nicht, wohin, wollte in sie reinkriechen und sich in ihr breitmachen.

»Zieh dir einen Slip an, Eva! Dann kann der Scheißkäfer nicht in dich rein! Du hast deine Ruhe, und die Sache ist erledigt!«

Eva hat mitleidig gelächelt. Als ob ein Höschen da helfen würde. Sie könnte sich in Eisen schließen lassen, luftdicht wie eine Konservendose, es würde nichts nützen. Aufs Waschen kann man verzichten, aber irgendwann muss jeder aufs Klo. Könnte ich garantieren, dass da kein Käfer unter der Klobrille lauern würde? Oder eine Fliege? Fliegen sind überall.

Nachdem sie eine Fliege verschluckt hatte, vermied es Eva, den Mund aufzumachen. Sie las Bücher über Insekten aller Art, Käfer, Fliegen, Ameisen, Spinnen, Würmer, Aasfresser. Sie glaubte, das Wesen, das in ihr wucherte und ihren Bauch zu einem Medizinball auftrieb, sei nicht menschlich, nicht ihr und mein Kind, sondern die abartige Frucht eines schmarotzenden Käfers oder eines Ameisenköpfers, der in sie gekrochen war und Besitz von ihr genommen hatte.

»Vielleicht bin ich schon gar nicht mehr ich.« Eva zeigte mir Bilder aus einem Buch über Fliegen. »Apocephalus pergandei, der Ameisenköpfer. Die Fliege legt ihr winziges Ei einer Ameise ins Genick. Die Larve bohrt sich durch das Hinterhauptsloch in den Kopf der Ameise, trennt ihr den Kopf vom Rumpf, macht sich im Hirn der Ameise breit und verpuppt sich.«

»Eva! Du bist keine Ameise!« Ich war entsetzt. »Dein Schädel ist viel zu dick, als dass eine Fliege dir was antun kann!«

Eva hörte gar nicht zu und fand in ihrem Buch eine neue Gefahr. »Rhinoestrus purpureus, die mittelasiatische Rachenbremse. Sie greift den Menschen an und spritzt ihm ihre Eier in die Augen. Wenn man nicht aufpasst und schnell die Augen schließt, wird man unheilbar blind.«

Ich habe zu Eva gesagt: »Schmeiß die Bücher weg! Was soll der Scheiß? Wenn das stimmt, müssten alle Menschen blind rumlaufen. Eva, du studierst Medizin!«

Sie hat mich nur mitleidig angesehen. »Wenn die Larven in deinem Gehirn sind, können sie deine Gedanken lenken. Du merkst das nicht, weil es ja dein Hirn ist, und du denkst, wenn die Gedanken aus deinem Hirn kommen, dann sind es auch deine Gedanken. Wem sollen sie sonst gehören? Am Anfang staunst du, was für komische Gedanken dir in den Kopf kommen. Manchmal zuckt es in der rechten Hand oder im linken Fuß. Du guckst hin und wunderst dich, weil du gar nicht willst, dass die Hand zuckt. Und du schwitzt, ohne dass du dich angestrengt hast. Medizinisch ist das alles zu erklären. Die Ärzte wissen das, aber sie sagen nichts.«

»Wieso nicht?«

»Man würde sie in die Irrenanstalt sperren.« Eva betrachtete mich lauernd. »Woher willst du wissen, dass die Ärzte nicht auch einen Ameisenköpfer im Kopf haben?«

Es hatte keinen Zweck. Ich drängte sie, zu ihrem Vater zu gehen, der war Arzt. Ich hätte es besser nicht getan. Denn das machte sie mir gegenüber noch misstrauischer. Eva hasste die Bazille, wie sie ihren Vater nannte. Zudem hätte die Bazille keine Ahnung.

Sich selbst empfand Eva mehr und mehr als die heilende Hand Gottes. Eines Tages glaubte sie fest und unerschütterlich, sie könne Blinde sehen, Lahme gehen und Tote lebendig machen.

Eva legte den Leichen im Anatomiesaal die Hand auf und wünschte den Segen des Herrn auf sie herab. Nichts geschah. Als sie ihrem lahmen Meerschweinchen Gebete murmelnd die Beine streichelte, geschah das Wunder. Das Meerschweinchen rappelte sich auf, sprang aus seiner Kiste und lief fort. Auch wenn es nicht schnell genug laufen konnte, um der Katze zu entkommen, war es ein Wunder.

Im Krankenhaus hielt Eva Nachtwache an den Betten der Blinden, Lahmen und Komatösen. Eines Nachts hatte sie eine Erscheinung. Jesus Christus stieg von seinem Kreuz und befahl ihr, den Lahmen von Zimmer 317 zu heilen. Eva gehorchte. Sie befahl dem Mann, einem Stefan Anders aus Kerpen, aufzustehen, sein Bett zu nehmen und auf eigene Verantwortung nach Hause zu gehen. Anders tat wie ihm geheißen. Kaum stand er neben dem Bett, fiel er hin, brach sich den rechten Oberschenkel, riss sich den zentralen Venenkatheter aus dem Arm, den Urinkatheter aus der Harnröhre und landete auf der Intensivstation. Eva bekam Hausverbot.

Da wäre noch Zeit gewesen, alles in Ordnung zu bringen. Ich hätte Eva beschützen müssen. Wer einem Engel die Flügel abschneidet, muss auch auf ihn achtgeben! Jetzt ist sie abgestürzt, und ich weiß nicht, wozu ich lebe.

Auf Dutzenden von Gleisen rauschen die Gedanken durch meinen Kopf, in meinem Hirn geht es zu wie auf einem Rangierbahnhof. Im letzten Moment schaffe ich es, die Weichen zu stellen und die Katastrophe zu verhindern. Trotzdem donnern die Waggons auf den Prellbock hinter meiner Stirn, einer nach dem andern. Das macht wahnsinnige Kopfschmerzen. Nur in der heißen Badewanne werden sie besser. Obwohl ich lieber dusche, ich aale mich nicht gerne im eigenen Schmutzwasser.

Besonders schlimm sind die Kopfschmerzen, wenn ich die grünen Pillen nicht schlucke. Von denen bekomme ich einen solchen Juckreiz, dass ich mir die Haut zerkratze.

Manchmal denke ich, alles hat mit dem Gewitter zu tun, mit der elektrischen Spannung, die in der Luft liegt und meine Haare knistern lässt. Einmal stand ich vor dem Spiegel und sah mein zuckendes Gesicht. Georg, wie siehst du denn aus? Das soll ich sein? Ich weiß noch, dass ich dachte, wenigstens den Ton vom Fernseher müsste ich hören. Auf dem Bildschirm lief eine Katze einer Maus hinterher, immer im Kreis um einen Baum. Bis das Gewitter einen Blitz ins Badezimmer feuerte und mich mitten ins Gesicht traf. Zufrieden setzte es einen satten Donnerschlag hinterher. Der Mensch hat den Blitzableiter und den Faraday'schen Käfig erfunden. Wenn das Gewitter einen erwischt, ob im Flugzeug oder unter einem Baum, hat es Glück gehabt. *Meide die Eichen, suche die Buchen!* Alles Unsinn. Statistisch gesehen ist es wahrscheinlicher, dass der Mensch sechs Richtige mit Jackpot im Lotto trifft, als dass das Gewitter einen nass geregneten Fußballspieler beim Schwalbenflug im Strafraum erwischt.

Das Gewitter schleudert Kugelblitze auf die Erde und lässt Funkenregen sprühen. Zauberkräfte, die Meere über die Ufer treten lassen, Gebirge zu Staub zerreiben und Eisenbahnbrücken zu Schrott verbiegen. Gerade lässt der Kellner im Speisewagen der 1. Klasse den Sektkorken knallen, gerade löschen die Hochzeitsreisenden im Schlafwagen kichernd die Beleuchtung, bis auf das blaue Irrlicht, das auf den Schienen tanzend den Weg aus dem Abteil weist, da stürzt der Zug in den Strom. Eisschollen schwappen in die Sektkübel, das Liebespaar erstarrt, das Irrlicht erlischt, und die Fische wundern sich über die blubbernden Luftblasen. Der Strom träumt vor sich hin. Es ist nichts passiert. Der Mensch mutet ihm sonst mehr zu als eine geballte Ladung Schrott. Die Meere halten sich ungerührt an ihre Gezeiten, die Berge stecken ihre Köpfe in die schneeblinden Wolken.

Zufrieden zieht das Gewitter ab und wirft einen letzten gut gelaunten Blick auf die Stadt. Plötzlich zuckt es überrascht. Den Kerl, der da in seiner voll geschissenen Unterhose bewusstlos auf den Kacheln des Badezimmers liegt, kennt es doch! Ist das nicht dieser Balg, der ihm mit der Faust gedroht hatte? Es blitzt kurz hin. Kein Zweifel. Das Gewitter erinnert sich an alles, was es einmal geblitzt hat. Es ist stolz auf sein fotografisches Gedächtnis. Der Kerl, der da mit Schaum vor dem Mund auf dem Boden liegt, ist dieser Georg Kupinski. Hat es wieder mal den Richtigen erwischt! Damals fuhr der Bursche Motorrad, eine englische Triumph, 250 Kubik. War es nicht eine stockdunkle Nacht gewesen, in dieser verlorenen Gegend, in der die Füchse verzweifelt jemanden suchten, dem sie Gute Nacht sagen konnten? Wo nur ein paar Lichter hinter den Fenstern der Grenzstation brannten? In dem stinkenden Sumpf wuchs krüppeliger Wald vor sich hin. Schmuggler schlichen durchs Niemandsland. Ein falscher Tritt, und der Schlick schluckte sie samt ihren Rucksäcken voller Zigaretten, Butter, Kaffee und Schnaps. Die Verlorenen wagten aus Angst vor den Zöllnern nicht, zu schreien. Schwerelos versanken sie in der Ewigkeit des schmatzenden Sumpfes.

Heute ist die Grenze ausradiert, die Grenzstation abgerissen, der Sumpf steht unter Naturschutz. Aber damals in dieser stockdunklen Nacht ließ Georg Kupinski, ahnungslos werdender Vater, genau vor der Grenzstation sein Motorrad aufheulen. Er hupte wild und schrie: »He, ihr Penner! Was ist los? Aufstehen, ihr Wichser!«

Und die werdende Mutter Eva Koch, von Georg manchmal *Mein Engel!* oder *Angel!* genannt, die nicht wusste, dass sie ein Kind unter dem Herzen trug, stieg vom Sattel und warf Steine gegen die stacheldrahtbewehrte Zollbaracke. Fensterglas klirrte, schweinische Flüche, das Trampeln schwerer Stiefel – Eva hatte getroffen. Sie saß noch nicht richtig auf der Maschine und klammerte sich an Georg, da standen die Grenzwächter schon in der Tür. Scheinwerfer flammten auf. »Halt! Bleibt stehen oder wir schießen!« Georg gab Vollgas, ließ die Kupplung kommen, schrie: »Ihr dämlichen Wichser! Kommt doch!« Das Hinterrad drehte durch, Steine und Schlamm spritzten. Die Zöllner stürmten zu ihren Fahrzeugen und rasten hinter den beiden her. »Wenn wir euch kriegen, ersäufen wir euch wie junge Katzen!«

War das eine wilde Jagd! Wie sie durch den Wald hetzten! Die Zöllner in ihren Geländewagen erwischten sie mit dem Suchscheinwerfer. Schüsse ratterten durch die Nacht, Leuchtspurmunition leckte sich durch die Dunkelheit. Aber das junge Paar entkam.

Was sind die großen Katastrophen der Weltgeschichte schon gegen ein sauberes Duell? Erdbeben, Vulkanausbrüche, Unwetter, alles schon mal da gewesen. Die gewaltigste Überschwemmung in Bangladesh ist nichts anderes, wie wenn die Putzfrau ihren Wassereimer über eine Armee Zinnsoldaten auskippt und sie in den Rinnstein spült. Die Menschen nehmen sich zu wichtig. Sie schnipsen zwischen Daumen und Zeigefinger Gewitterfliegen tot und halten sich für die Krone der Schöpfung. Lass die Menschen die Sümpfe trocken legen, die Erde umgraben! Lass sie mit dem Presslufthammer den Betonmantel, mit dem sie den Globus umhüllen, in Stücke schlagen! Sie werden sehen, was sie wirklich sind: ein Haufen ineinander verkeilter Knochen.

Als sich das Gewitter endgültig verzogen hatte, strahlte der Himmel sternenklar. Myriaden winziger Lichtpunkte, einer kleiner und weiter weg als der andere. Das Motorrad müsste Flügel haben, schneller als der Blitz sein, und ich würde wissen, ob irgendwo in der Unendlichkeit eine unentdeckte Welt existiert, auf der es Leben gibt wie bei uns.

Eines Tages stand mein Vater am Tresen meines Stammlokals und spielte mit Bierdeckeln, wie er es immer tat, wenn er kein Geld hatte, um es in den Spielautomaten zu werfen.

»Hallo, Papa! Schön, dich wieder zu sehen.«

Mein Vater musterte mich liebevoll. »Schlecht siehst du aus, Junge. Bist du krank?«

»Nein, mir geht es gut, Papa. Komme gerade von der Arbeit.«

»Dann bestell mir ein Bier, Sohn.«

Ich bestellte zwei Bier.

»Auf deine Gesundheit!« Mein Vater hob das Glas und trank es in einem Zug aus. »Ah, das tut gut! Das ist mal was anderes!«

»Du siehst gut aus, Papa. Lebendig hast du nie so gut ausgesehen. Der Anzug steht dir.« Ich klopfte ihm die Erde vom Revers. »Den hättest du früher öfter anziehen sollen.«

»Kann ich nichts für, Georg. Du kennst deine Mutter. Sie hat die Sachen extra für die Beerdigung gekauft.«

»Was für ein Blödsinn.«

»Riechst du das?«

»Was ist das, Papa?«

»Mottenkugeln, Sohn.«

»Nein, nicht wahr!«

Er nickte amüsiert. »Doch, doch! Sag mal, hast du nicht was Kleingeld für deinen Vater? Ich habe keinen Pfennig in der Tasche. Nur diese Mottenkugeln.« Er holte eine raus und zeigte sie mir.

Wie soll man im Totenreich ohne einen Pfennig über die Runden kommen? Die alten Ägypter haben ihren Toten Geld mit ins Grab gegeben, Essen und Trinken. Sogar Amulette, die ihnen das Unglück vom Leib halten sollten. Bei uns glauben sie an die Kraft der Mottenkugel. Es darf nichts kosten. Warum lernt man Geschichte, wenn man aus der Geschichte nichts lernt? Ich drückte ihm mein Kleingeld in die Hand.

»Tut mir leid, Papa. Mehr habe ich nicht. Ich habe nicht damit gerechnet, dich hier zu treffen. Sonst wäre ich vorher zur Sparkasse gegangen.«

»Lass nur, Junge. Das reicht.«

»Ich kann auch schnell zum Geldautomaten, was abheben! Wie viel brauchst du?«

»Ich brauche nichts!«, lachte er. »Aber du bist ein guter Sohn!«

»Willst du noch ein Bier?«

»Nicht so schnell. Ich vertrage nicht mehr so viel wie früher.«

Er schluckte langsam. So kannte ich meinen Vater gar nicht.

»Weißt du noch den Sekt, den du mir aufs Grab gegossen hast?«

»Das war echter Champagner, Papa! Kein billiger Sekt!«

Wir haben uns angesehen, mein Vater und ich. Der Tod ist ihm gut bekommen. Frisch rasiert, sauberer Haarschnitt. Selbst die Schuppenflechte in seinem Gesicht war verschwunden. Er schneuzte sich gerührt die Nase.

»Wir waren eine glückliche Familie. Du, Mama und ich. Wir hatten alles. Wir hätten uns nur besser vertragen sollen.«

»Ja, Papa.«

Mein Vater warf ein Fünfmarkstück in den Spielautomaten. Die Scheiben drehten sich, die rote Stopptaste blinkte. Hätte meine Mutter ihm Kleingeld in die Anzugtasche gesteckt, Papa wäre schon lange aus dem Grab gestiegen, um sein Spiel zu machen. Aber Mama fürchtete, er könnte mit dem Geld ein Taxi nehmen und sie nachts bei Vollmond im Schlafzimmer heimsuchen. Als Werwolf am Ehebett hecheln, ihr an den vertrockneten Hals springen, zubeißen und das Blut aussaugen.

Als die beiden sich nach dem Krieg kennenlernten, gab es nicht so viele Männer, dass eine Frau die freie Wahl gehabt hätte. Elisabeth fütterte Karl mit ihren Lebensmittelmarken durch. Nach der langen Kriegsgefangenschaft war sein Magen leer. Er war ausgehungert, und beide konnten nicht genug kriegen.

In einer dieser nimmersatten Nächte wurde ich gezeugt. Ich war ein Kind der Liebe, aber kein Wunschkind. Die Zeiten waren hart, und der Pariser, den Elisabeth ihrem Karl wie einen ausgeleierten Gummistrumpf überzog, war vom vielen Auskochen porös. Ich nutzte meine Chance. Stürmisch ging ich meinen Weg, nichts konnte mich aufhalten. Einmal am Ziel ließ ich mich weder durch Spülungen mit essigsaurer Tonerde noch durch tägliche Sitzbäder in kochend heißem Wasser aus meinem Nest in Mamas Gebärmutter vertreiben. Für den verschwiegenen Arzt fehlte Papa das Geld, für den Küchentisch der Engelmacherin fehlte Mama der Mut. Und den Stricknadeln wich ich elegant aus. Ich bin eben ein Kämpfer.

Bis dass der Tod euch scheidet! Das ist leicht gesagt am Anfang einer Geschichte, wenn man das Ende nicht kennt: Es war einmal ein Mann, der hieß Karl Kupinski. Den hatte der Krieg aus seiner Heimat vertrieben. Die Bomben hatten die Städte zerfetzt und eine Gewehrkugel seine linke Hand. Dabei hatte er ein großer Konzertgeiger werden wollen. So wurde Karl Kupinski Elektriker, lernte eine schöne Kriegerwitwe kennen und machte ihr dank eines porösen Parisers ein Kind. Einen Sohn! Karl schwor bei der Jungfrau Maria, dass der Junge etwas Besonderes werden sollte, und gab ihm den Namen des heiligen Georg, des Drachentöters. Der kleine Georg kam an einem Sonntagmorgen zur Welt. Ein strahlender Tag, wie vom lieben Gott gemalt. Seine Mutter wäre fast verreckt, weil der Doktor vom Ärztestammtisch und einem Grand ohne Vieren weggeholt werden musste. Kaiserwetter, Kaiserschnitt, alles ging gut. Wenn das kein Anfang für ein besonderes Leben war.

Elisabeth trug Hüte wie Marlene Dietrich. Sie liebte das Leben und ihre wunderschönen Beine, die sie jeden Freitagabend rasierte. Im geschlitzten Kleid tanzte Elisabeth Charleston wie Josefine Baker, die schwarze Gazelle aus der Pariser Neger-Revue. Bis eine Meute wild gewordener Schäferhunde aus dem Zwinger ausbrach, über sie herfiel und ihre Beine zerfetzte.

So heiß die Sommer auch waren, Elisabeth ging nie im Badeanzug ins Wasser. Sie kühlte nicht einmal ihre Füße im Baggersee vor der Stadt. Für die hässliche Narbe nach dem Kaiserschnitt gab sie ihrem Mann die Schuld. Als die Hunde über sie herfielen, fütterte er besoffen den Geldspielautomaten in seiner Stammkneipe.

Narben tun nicht weh. Doch bei jeder Berührung erinnern sie an vergrabene Träume: Es war einmal eine junge Frau, die hatte das Leben noch vor sich. Sie nähte ihre geschlitzten Kleider selber und führte sie beim Tanztee vor wie schillernde Fliegenfänger. Die Männer umschwirrten sie und klebten an ihr. Doch Elisabeth sparte sich für den Märchenprinzen auf und schnipste sie weg. Sieben auf einen Streich!

Manchmal wäre ich gerne eine Fliege. Es ist so einfach: Man kann überall hin, alles kann man sehen, ohne selber gesehen zu werden. Einer Fliege stehen die Geheimnisse der Welt offen. Vor einer Fliege kann sich niemand verstecken.

Wenn ich eine Fliege wäre, könnte ich in der Dusche auf der Frauenseite an der Decke kleben und gucken. Dicke Frauen, die sich waschen. Den Badeanzug haben sie auf die Fliesen getreten, gestrandete nackte weiße Wale. Und in der Ecke eine schwarze Schönheit mit wunderbaren Brüsten. Sie hat sich verlaufen, verbirgt ihre Augen hinter einer Schwimmbrille. Plötzlich nimmt sie den Waschlappen, wirft ihn nach der Fliege an der Decke. Sie trifft mich. Zerquetscht mich. Ich werde in den Abfluss gespült, ins Reich der Silberfische und Wasserratten. Ist Gott auch hier? Muss er doch, wenn er überall ist. Gott hat alles geschaffen. Auch die Fliege. Der schönen Frau mit dem Waschlappen hat er denselben Lebensodem eingehaucht wie der Fliege an der Decke. Gott ist kein Rassist. Für ihn sind alle Geschöpfe gleich.

Ich habe eine Dauerkarte und schwimme jeden Tag tausend Meter, auch wenn es regnet. Lächerlich, bei Regen nicht zu schwimmen. Man ist sowieso nass. Bei Gewitter ist das etwas anderes. Im Wasser vom Blitz getroffen zu werden ist nicht komisch. Einmal bin ich weit aufs Meer hinausgeschwommen, so weit ich konnte, ich wollte nicht mehr zurück. Dann habe ich doch zurück gewollt und es mit Müh' und Not geschafft. Die Leute sagen, Ertrinken sei ein schöner Tod, der schönste von allen. Woher wissen die das?

Ich schwimme nur noch im Hallenbad. 40 Bahnen à 25 Meter. 25 mal 40 sind 1000 Meter. Jeden Tag. Im Hallenbad ist es voller als im Pazifischen Ozean. Man stößt mit Rentnern zusammen, die auf dem Rücken liegend kreuz und quer durchs Becken paddeln. Den Blick starr an die Decke geheftet, als sei dort ein Gemälde von Michelangelo und das Hallenbad ihre private Sixtinische Kapelle. Der Geruch von Haarspray und Chlor schleimt sich bei jedem Atemzug in die Lungen. Unter der Dusche wasche ich die Chemie von der Haut und huste die Lungen frei. Dicke Männer waschen sich gegenseitig den Rücken. Nackt stehen sie da im schattenlosen Neonlicht.

»Und wie geht es Ihnen, gesundheitlich?«

»Gut. Und Ihnen?«

»Nicht so gut. Der Arzt meint ...«

Als Eva auf dem durchschwitzten Bett in diesem mexikanischen Hotel am Pazifik lag und dachte, das Geschöpf, das in ihrem Bauch wuchs, sei der Teufel, da schüttelte Gott mitleidig den Kopf. Gott war es, der meinen Geist lenkte und meine Hand führte. Er reichte mir den Verbandsmull, um Eva zu fixieren. Er reichte mir die Schere, um ihre Nägel und ihr Haar zu schneiden. Nur mit der Musik hat Gott mir nicht geholfen. Es sei denn, die Lieder aus dem leiernden Kassettenrekorder waren seine Schöpfung. Es war heiß in Salina Cruz, Weihnachten stand vor der Tür. Weihnachtsmänner aus Plastik glitten auf dem Rentierschlitten über Schneewehen, vorbei an Christbäumen und Hexenhäusern aus Plastik. *I'm dreaming of a white Christmas!* Gnadenlos zerrte ein Kinderchor im Erdgeschoss des Hotels an den Membranen der Lautsprecher. *Silent night, holy night!* Erst nach Mitternacht wurde es still. Jetzt sangen die Wände.

Meine Lieblingssängerinnen sind Maria Callas und Mirelle Mathieu. Beide können Gläser zersingen. Die bunten Cognacschwenker in der Vitrine meiner Eltern zerplatzten vor Begeisterung, wenn die beiden im Radio sangen. Die hagere Operndiva und der pummelige Spatz von Paris.

Ich kann ein paar Akkorde auf der Gitarre und auf dem Klavier. Damit spiele ich alles, ich bin der geborene Alleinunterhalter. Bei der Hochzeitsfeier habe ich mich an einen der beiden weißen Flügel im Musikzimmer von Evas Eltern gesetzt. Mit ein paar Promille im Blut traue ich mir Sachen zu, die ich sonst nicht wage. Ich weiß nicht mehr, was ich gespielt habe. Es war nicht *Angie* von den Rolling Stones. Ich habe mir selber was ausgedacht, improvisiert. Ein Liebeslied für meinen Engel. Ich spürte Evas Hand auf meiner Schulter. Tapfer streichelte sie mich, während die anderen das Musikzimmer verließen. Am Ende blieben Eva und ich allein zurück. Wir hörten sie im Wohnzimmer lachen.

»War es so schlimm«, habe ich Eva gefragt.

»Die haben doch keine Ahnung. Ich fand es schön. Danke, Georg.«

Ohne Abschied haben wir das Haus der Familie Koch verlassen und sind nach Mexiko geflogen. *Drei Flitterwochen in Mexiko, eine Woche Azteken inkl. Pyramiden, anschl. zwei Wochen Badeurlaub in Acapulco mit Besuch einer Show und eines Spielcasinos.* Wir hätten das Hochzeitsgeschenk von Evas Eltern nicht annehmen sollen. Ihre Mutter hätte verstanden, wenn wir nicht gefahren wären. Doch um die ging es nicht, es ging um den Vater. Mit ihm wollte Eva ihren Frieden machen, das Kind in ihrem Bauch hat sie versöhnlich gestimmt. Alles sollte wieder gut sein, wenn es auf die Welt kam. Kein Streit, nicht die Fehler, die man selber gemacht hat, aufs Kind übertragen. Blut soll dicker sein als Wasser, hat Eva gesagt.

Wir sind nicht in Acapulco geblieben, wir wollten weiter, auf eigene Faust das Land entdecken. Es war brüllend heiß, viel zu anstrengend für Eva. Das Essen ist ihr nicht bekommen, sie musste sich übergeben. In Salina Cruz sind wir hängen geblieben.

Salina Cruz war kein Kurort wie Acapulco, sondern eine ausgedörrte Erdölstadt. Es stank nach Öl und Feuer, mit jedem Atemzug drang der salzige Pazifiksand in die Lungen. Wir wohnten im besten Hotel am Platz. Es war eine Absteige. An einen Ort wie diesen kam niemand, weil er ein schönes Hotel suchte. Hier gab man sein Geld für andere Dinge aus: Frauen, Alkohol, Drogen, Wetten. Wozu das Geld für ein Hotelzimmer aus dem Fenster werfen? Für ein Bett, in dem man nur schläft? Der Ventilator an der Decke war der einzige Luxus. Er hing genau über Evas dickem Bauch. Nackt lag sie da in der Pfütze ihres eigenen Schweißes und stank. Eva wusch sich nicht, sie ekelte sich vor dem Badezimmer. Dabei wurde jeden Tag sauber gemacht. Die Leute im Hotel mochten Eva. Eine schwangere Frau, bald wird sie Mutter sein, *Brava!* Junge oder Mädchen? Egal, Hauptsache gesund. Sie bezogen jeden Tag das Bett, brachten ihr Obst und Saft. Sie meinten es gut, aber Eva fühlte sich gestört. Sie wollte allein sein und nackt auf dem Bett liegen. Sie ertrug keinen Stoff und kein Laken auf der gespannten Haut. Vor allem fürchtete sie die Blicke der indianischen Putzfrau. Die hatte Eva am ersten Tag die Hand auf den Bauch gelegt. Mit geschlossenen Augen verharrte die Alte da, tastete ihren Bauch ab, brabbelte eine unverständliche Litanei. Plötzlich riss sie die Augen auf und starrte Eva an. Sie nahm die Hand von ihrem Bauch, zeigte mit dem Finger auf ihn und zischte: »Der Teufel! Du siehst aus wie die Mutter Gottes, aber du bist die Mutter des Teufels!« Die Alte bekreuzigte sich, spuckte auf Evas Bauch und lief schreiend aus dem Zimmer.

Eva sah Hexen, die sie verhexten, und Teufel, die sie besabberten. Sie sah geile Männer im Türspalt stehen, die ihren nackten Körper anstierten. Wenn sie sich zudeckte, krochen die Böcke unbemerkt unter die Decke und leckten ihr den Schweiß von der heißen Haut.

Ich wollte sie trösten.

»Fass mich nicht an«, schrie sie.

»Eva, was ist denn?«

»Du sollst mich nicht anfassen!«

»Nun beruhige dich! Bitte!«

»Du bist auch einer von denen! Mich täuschst du nicht! Du hast mich hierhin gebracht, weil es hier keine Zeugen gibt!«

»Zeugen?«

»Ja, Zeugen! Hier kannst du machen, was du willst! In Mexiko ist der Tod zu Hause! Und du bist sein Bruder!«

Es war sinnlos, mit ihr zu reden. Sie hatte ihre Medikamente nicht genommen, weil sie Angst vor den Nebenwirkungen hatte. Sie fürchtete nicht um sich, sondern um unser ungeborenes Kind. Also habe ich Eva die Tabletten heimlich ins Essen gemischt. Sie hat es geschmeckt und ist ausgeflippt.

Es ist nicht wahr, dass Wut und Hass einem Menschen übermenschliche Kräfte verleihen. Erst recht nicht einer Schwangeren. Es war leicht, Eva aufs Bett niederzudrücken. Ich habe ihre Hände und Füße mit Verbandsmull am Bettgestell fixiert, damit sie sich nicht selber etwas antun oder irgendeine Dummheit machen konnte. Dann habe ich sie gewaschen. Sie hat leise gewimmert. Endlich ist sie eingeschlafen, und ich konnte sie in Ruhe betrachten.

Sie war schön. So unförmig Eva war, sie war so schön. Ich streichelte sie, und sie seufzte im Schlaf. Es tat ihr gut. Ich nahm die Schere, schnitt ihre Fingernägel und ihre Fußnägel, schnitt die verschwitzten Haare ab, die sie so juckten. Erschöpft legte ich mich neben das Bett auf die kalten Fliesen. Immerhin hatte ich seit einer Woche nicht geschlafen. Fliegen liefen hin und her. An den Kreuzungen der Fugen verharrten sie einen Moment und liefen weiter.

Eva war verzweifelt, sogar hysterisch. Ich kann das verstehen, denn sie hat wunderschönes Haar. Es reicht ihr über die Schultern, und wenn sie es nach dem Waschen und Föhnen schüttelt, fließt es wie ein Ährenfeld im Sommer. Weizengelbe Wellen, ich kann mich an der Pracht nicht sattsehen. Sie hat es vernachlässigt und nicht gewaschen, das Haar hat sein Gold verloren. Fettige Strähnen, Jucken, Kratzen. Später hat Eva eingesehen, dass ich es gut gemeint habe und es so das Beste für sie war. Ihr Haar würde nachwachsen, und wenn erst einmal das Kind da wäre, würde sie wieder ganz die alte Eva sein und es regelmäßig waschen. Damit Eva bis dahin zur Ruhe kam, habe ich ihr von meinen Tabletten gegeben. Prompt ist es ihr besser gegangen, und Eva und ich waren im Pazifischen Ozean schwimmen.

I'm dreaming of a white Christmas!, leierte die Tonbandkassette. In jenem Jahr war es zu Weihnachten in Mexiko noch heißer als sonst. Der Ventilator rührte vergeblich die Luft, um sie zu kühlen. Eva lag nackt auf dem Bett, eine bleiche Qualle, nur die roten Tupfer der Mückenstiche gaben ihr Farbe.

»Du liebst mich nicht.«

»Wie kommst du darauf? Du bist mein Schatz! Mein Ein und Alles«, beruhigte ich sie.

Eva sah mich kopfschüttelnd an. »Nein, Georg. Du liebst nichts und niemand.«

»Das bildest du dir nur ein«, sagte ich hilflos. »Das ist nur eine Nebenwirkung von den Tabletten! Eva! Wenn ich dich nicht lieben würde, warum wäre ich dann noch hier?«

Sie zuckte mit den Schultern.

»Na also!« Ich goss ihr Wasser ein, mit einem Schuss Rum, um es zu desinfizieren. »Komm, trink!«

Eva wollte nicht, ich drängte es ihr auf. Sie verschluckte sich, hustete, ihr aufgequollener Leib schwabbelte. Ich betupfte die Mückenstiche mit Zitronensaft. »Eva, ich liebe dich! Du weißt, ich tue alles für dich.«

Sie lächelte mich an. Das erste Mal, seit wir aus dem Musikzimmer ihrer Eltern nach Mexiko geflohen waren.

»Dann töte mich.«

»Fang nicht wieder damit an!«

»Töte mich, oder ich tu es selber.«

Es war so verlogen. Unsere ganze Existenz, unsere unsterbliche Liebe, die schon lange tot war. Wir quälten uns, weil wir kein Ende finden konnten. Wir glaubten nicht einmal, dass die Geburt unseres Kindes etwas ändern könnte.

Ich band Eva am Bett fest und zog los, um mich zu betrinken.

Auf dem Marktplatz von Salina Cruz war ein Boxring aufgebaut. Als ich die drei Mexikaner kennenlernte, mit Goldzähnen im Mund und Dollarscheinen in den Händen, konnte ich nicht ahnen, wie es enden würde. Die drei waren Zocker. Normalerweise lasse ich die Finger vom Wetten, weil ich immer verliere. Diesmal ritt mich der Teufel, und ich wettete mit ihnen. Setzte auf die Boxer mit den lumpigsten Turnschuhen. Die sind noch hungrig, habe ich mir gesagt. Die Typen mit den nagelneuen Markenschuhen an den Füßen sind schon satt. Ich habe tatsächlich gewonnen – obwohl ich mich später gefragt habe, wie die überhaupt an die teuren Schuhe gekommen sind, wenn sie nichts draufhatten.

Wir haben getrunken. Erst Bier und Tequila, dann Tequila und Bier. Und wieder umgekehrt. Als wir besoffen waren, haben wir uns gegenseitig in unsere Ausweise gucken lassen. Die Jungs waren bei der Polizei, mexikanisches FBI. Praktisch Kollegen.

In einer Bar verhafteten sie einen Amerikaner. Mutterseelenallein stand der Typ mitten auf der Tanzfläche und setzte sich einen Schuss. Die drei schlugen ihm die Nase blutig und schleiften ihn an den Haaren raus. Der Typ lächelte nur blöd.

Vor der Polizeistation saßen sie rum wie in der Drehpause eines Westerns. Schaukelstühle, hängende Schnurrbärte unter den Sombreros, Schrotflinten, Schnapsflaschen. Auf dem Tisch Spielkarten und Geld. Kein Wunder, dass die Amis solche Filme machen, sie müssen nur die Kamera draufhalten.

Spätestens da hätte ich zurück zu Eva gehen sollen. Stattdessen fuhr ich mit meinen neuen Freunden in Schlangenlinie die Bergstraße hoch. Wir ließen die Flasche kreisen. Unten leuchtete das Meer im abfackelnden Licht der Erdölraffinerie. Über der Straße hing roter Staub. Aus dem Nichts tauchten ein paar Häuser auf, rote Laternen. Wir gaben Gas und jagten johlend einen Betrunkenen von der Straße, der genussvoll in den Staub urinierte.

Die Bullen kannten sich in dem Puff aus. Blaue Neonröhren hingen an der Decke, bunte Lichterketten rannten um den Weihnachtsbaum aus Plastik, ein Weihnachtsmann aus Pappe winkte mit der Rute. Auf der Bühne spielte eine Combo. Niemand tanzte. Die Mädchen saßen wie Kommunionkinder auf der Bank, die Hände züchtig im Schoss.

»Nach dir, Amigo!« Die drei schoben mich zu den Mädchen hin. »Gefallen sie dir, Georg?« Natürlich gefielen sie mir. Das Haar reichte ihnen bis zum Hintern. Pechschwarzes, glänzendes Haar, frisch gewaschen und nach Jasmin duftend. Ich grinste blöd, die Mädchen senkten den Kopf, nestelten an ihrem Schal, bevor sie mit den Wimpern klimperten und mich mit feuchten Augen anguckten.

»Sicher gefallen sie mir, Amigos«, sagte ich und dachte an Eva, die wie eine schwangere Wanze im Bett lag und stank.

»Such dir eine aus, Georg! Du bist unser Gast!«

Meine Kleine war einfach süß. Wer so ein süßes Mädchen mit rotem Kussmund von seinem Schwanz wegstößt, der werfe den ersten Stein. Ich war nur noch geil. Der Kleinen hat das gefallen, oder sie hat so getan. Als sie im Bett auf mir hing, hat sie nicht mehr züchtig an ihrem Schal gefummelt. Sie hat geschrien und mir die Sporen gegeben. Wir hatten reichlich von dem Schnee in der Nase, den die drei vom FBI dem verrückten Ami auf der Tanzfläche abgenommen hatten. Weiße Weihnacht ohne Ende! Das Zimmer dampfte, das Schmelzwasser lief über unsere klatschenden Körper. Nebenan im Lokal keuchte die Trompete, ein nass geschwitzter Hengst tanzte mit Pfennigabsätzen über die Marimba, der Bass kochte unsere Eier hart, das Schlagzeug peitschte uns Striemen auf den Hintern.

»Bueno, Georg?«

»Si, Amigos! Mui bueno!«

Als ich zurück ins Hotel kam, trugen sie Eva die Treppe herunter. Sie hatte sich von den Mullbinden befreit und versucht, sich die Pulsadern aufzuschneiden. Wenn sie es wirklich gewollt hätte, wäre sie tot. Wer Medizin studiert, weiß, wie man die Rasierklinge richtig ansetzt. Trotzdem wäre sie beinahe krepiert. Aber unser Kind war verloren. Es wäre ein Mädchen gewesen.

Nicht jeder kann das Glück haben, in die Familie Koch hineingeboren zu werden. Die hundertjährigen Bäume entlang der Kiesauffahrt flüstern im Wind, schlagen an die Fenster der weißen Villa, die bunten Herbstblätter lesen ihr zur Nacht aus dem Märchenbuch vor. Eine silberne Natter wickelt sich um die Türklinke. Mit schillernden Knopfaugen hypnotisiert sie jeden, der ihr den Schlüssel ins Maul steckt. Leidende Gestalten, mit Hand ins bronzene Türblatt getrieben, schleppen sich ins Schlüsselloch, kriechen auf Knien, humpeln auf Krücken. Barmherzige Samariter wickeln sie in Laken und tragen die Bündel ins giftige Schlangenmaul. Über den Gefallenen und Beladenen schwingt der Erzengel Gabriel das Banner seines Herrn: *Dr. med. Peter Koch, Facharzt für Gynäkologie und Geburtshilfe.*

Als Eva das Licht einschaltete, schloss ich geblendet die Augen. Der Kronleuchter hatte mit seinen geschliffenen Kristallklunkern schon im Lustschloss des Fürsten von Dingsda geklimpert, da waren Eva und ich noch nicht geboren. Es gab keinen Strom, dicke Kerzen tropften auf Walzer tanzende Paare und tauchten die vergoldete Mähne des abessinischen Stucklöwen, der den Leuchter mit eingegipsten Zähnen am Haken hielt, in honiggelbes Licht.

So kann man auch wohnen, das Leben ist nicht fair. Natürlich hätte ich nach dem Abitur auch gerne studiert wie Eva. Nicht Medizin, am liebsten Jura. Ich wäre ein guter Staatsanwalt geworden. Ich kenne mich in der Welt der Gauner aus und hätte sie fertiggemacht. Verteidigt hätte ich das Pack nicht, ich hätte zu oft meinen Ekel überwinden müssen. Ein guter Richter wäre ich auch nicht geworden, gerecht, hart und furchtlos wie Lino Ventura in einem italienischen Mafia-Film. Lino fürchtet nur Gott und seine Frau, wenn er zu spät zum Abendessen nach Hause kommt. Die Suppe ist kalt geworden. Seine Frau wärmt sie auf, während die Kinder dem Vater erzählen, was sie in der Schule gelernt haben, und die Leibwächter unauffällig die Schulterhalfter ablegen.

Meine Mutter war Verkäuferin, mein Vater Elektriker, alle haben ihre Träume gehabt, alle haben irgendwann vergessen, dass sie einmal welche gehabt hatten. Oder sie taten so, als ob sie traumlos glücklich seien. Warum sollte ich da raus und es besser haben als sie? »Schickt den Jungen bloß nicht auf die höhere Schule«, meinte Tante Ruth, die stolz auf ihre Menschenkenntnis war, die sie sich als Urologin in den öffentlichen Bedürfnisanstalten unter dem Kaufhof erworben hatte. »Der spuckt euch später zum Dank nur auf den Kopf und erkennt die eigenen Eltern nicht mehr.«

Mein Vater hat nicht auf sie gehört. Er war in die Unterwasserwelt seines Aquariums abgetaucht. Das war sein Reich. Er war *Kapitän Nemo*, ein Niemand im Niemandsland seines Wohnzimmers, der stets im Weg saß und den seine Frau mit dem Staubsauger verscheuchte.

In meiner Familie ist außer mir keiner auf die höhere Schule gekommen. *Schuster, bleib bei deinen Leisten!* Wie mein Onkel Hermann, der mit Kinderlähmung im Rollstuhl saß und in seiner kleinen Werkstatt Schuhe flickte. Es roch nach Schusterleim, Leder und Tabak. Seine Schnapsflasche versteckte Onkel Hermann in einem Stiefel. Ich füllte mit Wasser auf, was ich heimlich getrunken hatte. In dem anderen Stiefel versteckte er seine zwei Hefte: Auf Schwarz-Weiß-Fotos hüpften Frauen am FKK-Strand reifenschwingend durch die Dünen und ließen ihre Titten mittanzen, und in einem Farbkatalog posierten lächelnde Modelle für durchsichtige Reizwäsche.

Mein anderer Onkel hieß Helmut, Schneider und Tangotänzer, immer hinter den Frauen her, immer unter Strom. Er ist mit seiner letzten Zigarette in der Hand friedlich auf der Bettcouch entschlafen und verbrannt. Ilse Wachowiak, die er im *Ball der einsamen Herzen* kennengelernt und mit in seine Wohnung genommen hatte, gab bei der Polizei zu Protokoll, sie sei nach erfolgtem Geschlechtsverkehr nach Hause gegangen, weil sie ihre drei Kinder nicht über Nacht allein lassen wollte. Ilse war eine Kollegin meiner Tante Ruth. Das tragische Unglück konnte die Freundschaft der beiden Frauen nicht erschüttern.

Im Hause Koch hingen auf der Galerie, ölgemalt wie im Museum, Dr. Peter Koch und seine Ahnen in goldenen Bilderrahmen, alle in derselben Pose: Die linke Hand auf einen Totenschädel gestützt, schauten sie mahnend auf die Taschenuhr in der rechten. Der Totenschädel befand sich seit Generationen im Besitz der Familie Koch. Eva kannte das kleinste Loch, das sie gerade noch mit der Spitze ihres kleinen Fingers ertasten konnte, beim Namen. Nerven, Venen und Arterien hatten sich hier durchgeschlängelt. Wie auf einer Reliefkarte fuhr Eva über verwitterte Bergmassive und verschlungene Täler mit ausgetrockneten Strombahnen und sprach mit dem Schädel wie mit ihrem Spiegelbild.

Die Kochs gehören einem Geschlecht an, das in der ständigen Angst lebt, zu spät zu kommen, etwas zu verpassen und dafür bestraft zu werden. Deshalb tragen sie den quittegelben Gram leberleidender Misanthropen im Gesicht.

Eva hasste ihren Vater, bevor sie schwanger wurde. Sie stellte ihn sich gerne als räudige Bazille unter dem Mikroskop vor, färbte ihn ein und sah zu, wie er unter dem Okular leuchtete, nach Luft schnappte und in galoppierender Schwindsucht versuchte, sich vor dem Ersaufen im Farbstoff zu retten. Im letzten Moment nahm Eva die Glasträger mit der festgequetschten Bazille und hielt sie in die Flamme des Bunsenbrenners. Bazille zischte. Was für eine heiße Nummer!

Im Keller gab es eine Sauna. Ich war noch nie in einer Sauna gewesen und wollte das ausprobieren. Eva mochte das nicht. »Du schwitzt wie ein Schwein, das ist alles.« Mir zuliebe ging sie mit in den hölzernen Brutkasten. Wir hüllten uns in weiße Handtücher, saßen stumm da im matten, gelben Licht. Ich sah die Schweißtropfen auf Evas Haarflaum perlen und spürte eine Sehnsucht, sie in meine glitschigen Arme zu nehmen. Die Sanduhr rieselte. Wir blieben viel zu lange in der Hitze sitzen. Ich schämte mich aufzustehen, weil ich nicht wollte, dass Eva sah, wie erregt ich war. Ich hatte noch nie mit einem Mädchen geschlafen und hätte es so gerne getan, aber ich traute mich nicht. Plötzlich öffnete sich die Tür und Evas Vater, Dr. Peter Koch, Facharzt für Gynäkologie und Geburtshilfe, stand da. Nackt. In der einen Hand ein Handtuch, in der anderen eine Flasche Champagner. Hinter ihm eine Frau. Auch nackt. In der einen Hand auch ein Handtuch, in der anderen zwei Champagnergläser. Eine peinliche Begegnung. Die nackte Frau war nicht Hildegard Koch, Evas Mutter, die hatte Dr. Koch bei einem befreundeten Kollegen in der Psychiatrie untergebracht. Die Nackte war eine namenlose Assistenzärztin, kaum älter als Eva. Wortlos drängte sich Eva an den beiden vorbei nach draußen. Ich folgte ihr und war glücklich, nicht in diese Familie hineingeboren worden zu sein.

Das erste Mal habe ich Eva im Museum für Völkerkunde gesehen. Sie schaute sich einen *Niombo* an, eine riesige plumpe Puppe aus blutrotem Stoff, drei Meter hoch. Das bemalte Gesicht mit den angespitzten Zähnen und den Augen einer Brillenschlange sieht zum Fürchten aus. Keine Puppe zum Liebhaben, so etwas nimmt kein Mädchen mit ins Bett. Die Puppe ist ein Sarg. Irgendein Volk in Afrika steckt seine Toten in den Stoffkörper. Hypnotisiert starrte Eva die verpuppte Brillenschlange an. Sie wollte mit dem Toten im Innern des *Niombos* Zwiesprache aufnehmen.

Draußen vor dem Museum traf ich Eva wieder. Sie saß auf der Eingangstreppe, und die Abendsonne tauchte ihr Gesicht in ein warmherziges Rot. Ich bot ihr eine Zigarette an und fragte nach Feuer. Hatte sie nicht, hatte ich mir auch gedacht. Aber so kamen wir ins Gespräch.

Ich habe Eva erzählt, dass ich nicht die Ausstellung über afrikanische Totenkulte besucht habe, sondern einen Ferienjob hatte. Ich habe Schlitze in die Wände des Museums geklopft, für die Abflussrohre der neuen Klos.

»Ich weiß, es ist scheiße, aber ich spare für ein Moped.«

»Pecunia non olet. Sagt mein Vater.«

»Aha. Und das heißt?«

»Geld stinkt nicht.«

»Und ich? Stinke ich?«

Eva hat mich angesehen und gelächelt.

»Nein.«

Mein erstes eigenes Geld habe ich mit Scheiße verdient. In den großen Ferien habe ich mit Gummistampfer und Stahlfeder verstopfte Klos flottgemacht. Gutes Geld. *Keine Hemmungen, Junge, wer Scheiße anpackt, kriegt hundert Prozent Schmutzzulage!* Von der Unterhose bis zur Gurke, vom Pariser bis zur Monatsbinde, vom Butterbrot bis zur Illustrierten, ich habe alles aus dem Abfluss gefischt.

Mir hat das nichts ausgemacht, bei mir liegt das in der Familie. Meine Tante Ruth hat zwanzig Jahre in den Katakomben der öffentlichen Bedürfnisanstalt unterm Kaufhof gearbeitet, bevor sie an Lungenkrebs gestorben ist.

»Es gibt nichts Schlimmeres als die Klos auf der Frauenseite«, seufzte sie, wenn sie mit dem Aufnehmer in der Hand auf den Knien rutschte. »Gut, bei den Männern ist alles vollgepinkelt, das ist schnell weggewischt. Bei den Frauen ist alle zehn Minuten was verstopft.«

Wenn ich über Tante Ruth die Nase rümpfte, mahnte meine Mutter mich: »Georg, jeder Mensch muss müssen! Auch die Königin von England muss aufs Klo. Da sind sich alle Menschen gleich. Merk dir das fürs Leben.«

Ich habe mir vorgestellt, wie acht Schimmel die königliche Kutsche zogen und vor unserem Haus in der Prinz-Ferdinand-Straße anhielten. Lakaien öffneten der Königin von England die goldene Kutschentür und stellten ein Treppchen hin. Königin Elisabeth stieg vorsichtig aus, ich sah ihre kleinen Füßchen in Samtpantoffeln stecken. Sie bückte sich, um nicht mit der Krone anzustoßen.

Meine Mutter warf Königin Elisabeth den Schlüssel aus dem Fenster auf die Straße, damit sie ins Haus konnte. Lakaien und Zofen hielten die meterlange Schleppe aus weißer Seide, damit Ihre Majestät nicht auf der Treppe stolperte. Endlich saß Königin Elisabeth auf dem Klo. Hinter der geschlossenen Tür hörte ich sie fröhlich vor sich hinpfeifen und mit Papier rascheln. Meine Mutter flüsterte mir errötend zu: »Ist das nicht schön, dass Königin Elisabeth und ich denselben Vornamen haben?«

Königin Elisabeth furzte. Meine Mutter Elisabeth schlug kichernd die Hand vor den Mund. Das hatte sie nicht gedacht.

Meine Cousine Manuela, Tante Ruths einzige Tochter, hat die Stelle als Klofrau von ihrer Mutter übernommen, als die keine Luft mehr kriegte und nicht mehr aus dem Bett kam.

Es war eine leichte Arbeit, wenn man sich an den Geruch gewöhnt hatte, und es war ein sicherer Arbeitsplatz. Die Stadt kündigte keinem, der nicht unangenehm auffiel oder silberne Löffel stahl. Die gab es hier unten nicht. In den gekachelten Katakomben war es gemütlich. Oft saßen die Klofrauen bei Kaffee und Kuchen zusammen wie ein internationaler Urologenkongress. Wenn eine von ihnen Geburtstag hatte, spendierte sie Bier und Likör. Die Frauen tratschten und erzählten sich Witze von Männern, die in den Puff gehen, und von Frauen, die beim Frauenarzt die Beine breit machen. Eine öffentliche Bedürfnisanstalt ist kein Mädchenpensionat, und Klofrauen sind keine höheren Töchter.

Wo sollen bei all der Scheiße auch die feinen Gefühle herkommen? Kultur? Mozart? Die *H-Moll-Messe*? Tante Ruth und ihre Kolleginnen sangen dem städtischen Kontrolleur ein Ständchen: *Arrividerci Hans! Du hast den schönsten Schwanz!* Kein *Heil sei dem Tag, an welchem Du bei uns erschiehienen!* unter der Leitung von Herbert von Karajan mit seinen Berliner Philharmonikern. Die verkehrten hier nicht. Bevor Tante Ruth ihren letzten quälenden Atemzug tat, gestand sie ihrer Tochter Manuela, sie hätte oft davon geträumt, dass ihr eines Tages Rex Gildo erscheinen und sie aus der Scheiße rausholen würde. »Manuela, wenn dir das auch passiert, mach dir nichts draus. Das liegt an der Luft.«

Bevor sie starb, sagte Tante Ruth noch: »Mach das Fenster auf!« Dann war sie weg. Kein Blutsturz wie die Mimi in *La Boheme*, die dabei in den höchsten Tönen schwelgt. Ich habe mich immer gefragt, woher nimmt Mimi die Luft?

Schade, aber nicht schlimm«, meinte Dr. Koch, als er von Evas Fehlgeburt erfuhr. »Macht ihr eben was Neues.«

Für ihn war das Alltag. Warum sollte das bei der eigenen Tochter anders sein als in der gynäkologischen Praxis? Und war es nicht ein Zeichen, dass es dieses Kind nicht geschafft hatte, zu überleben? War die Verbindung zwischen Eva und mir nicht ein schlimmer Fehler?

Nein, so dramatisch sah Dr. Koch das nicht. Er hatte zwei uneheliche Kinder, eines von einer Sparkassenangestellten, eines von seiner Oberärztin. Da macht man einen Dauerauftrag für den Unterhalt, sieht sich zum Geburtstag und freut sich, wie gut der Nachwuchs gedeiht. Von seiner jungen Assistenzärztin, einer Krankenschwester, einer Sprechstundenhilfe, einer Bardame, einer Chorsängerin und einer Putzfrau hätte er auch ein Kind gehabt, wenn er nicht fachgerecht als Gynäkologe eingegriffen und eine Schwangerschaftsunterbrechung vorgenommen hätte. Dr. Koch kannte keine Standesdünkel, er verkehrte in allen Schichten.

Eva hat den Verlust unseres Kindes nicht verwunden. Sie wimmerte Tag und Nacht, konnte nicht schlafen und sah den Tod an ihrem Bett. Sie wollte aufstehen, aber sie schaffte es nicht, obwohl im Bett ein blauschwarzer Käfer krabbelte. Noch mehr Angst als vor dem Tod und dem Käfer hatte Eva vor der Welt da draußen. Sie hat sogar den Fernseher mit seinen Nachrichtenbildern aus dem Fenster geworfen. Als ob das etwas ändern würde. Zum Glück ist er keinem auf den Kopf gefallen.

Dabei hat Eva Glück gehabt. Wenn die Putzfrau nicht ihr Blut gerochen hätte und ins Zimmer gekommen wäre, wer weiß, ob sie noch leben würde. Von wegen Blut riechen, die Alte kann viel erzählen. Das bisschen Blut riecht kein Trüffelschwein. Ich wette, sie wollte in unseren Sachen herumschnüffeln. Ein paar Pesos stehlen, Wäsche, Schmuck, irgendetwas. Stattdessen hat sie Eva gefunden. Eva war aus dem Bett gefallen und lag auf dem Boden. Wenn Eva meine Tabletten gefunden und sie alle auf einmal geschluckt hätte, dann hätte es vielleicht geklappt.

Was muss ich auch mein Maul aufreißen und ihr die Wahrheit sagen. Was für ein Blödsinn, sich immer die Wahrheit zu sagen, nichts als die reine Wahrheit, so wahr einem Gott helfe. Nichts ist schmutziger und rücksichtsloser als die Wahrheit. Die Lüge ist barmherzig. Sie liebt die Menschen und weiß, dass sie die Wahrheit nicht hören wollen. Die Menschen können die Wahrheit nicht ertragen. Wenn ich Eva nicht erzählt hätte, dass ich bei der Hure gewesen bin, nichts wäre passiert. Was musste ich ihr in meinem besoffenen Wahrheitsrausch erzählen, dass ich von der Kleinen träume? Wie sie mit ihrer Möse über mich kommt, mir die Zunge in den Mund steckt, die Finger in den Arsch. Dass ich so etwas noch nie erlebt habe. Dabei habe ich im letzten Moment die Kurve gekriegt und behauptet, dass nur das Kokain schuld gewesen wäre. Ich hätte das Zeug zum ersten Mal genommen, und es hätte dermaßen reingeknallt, unbeschreiblich. Ich habe Eva bequatscht: »Lass es uns gemeinsam versuchen. Eva, nur ein Mal! Ein einziger Versuch! Eva, das kann nicht schaden!« Unsere Nasen würden kalt werden, aber das würde nicht stören. Im Gegenteil, es wäre ein geiles Gefühl. Ich brauche nur daran zu denken, schon kriege ich einen Ständer.

Damals wollte Eva sich scheiden lassen. Ich bin in dieses Hotel gezogen. Eine Absteige, zu billig für einen Namen, sie hieß einfach *HOTEL*. Ich wollte in Ruhe über alles nachdenken, über mich und Eva, die Welt da draußen und den Sinn des Lebens.

Ich habe gefastet. Wasser getrunken und Körner gepickt wie ein Huhn. Körper und Geist entschlackt, das Gift aus dem Körper geschwemmt.

Mein Blut ist sauber, meine Muskeln sind straff, mein Geist ist klar. Mein Körper ist bereit, der Tempel des Herrn zu sein. Allmächtiger Gott, lass mich Dein ergebener Diener sein! Lass mich würdig sein, Dir mit Leib und Seele zu dienen. Ich bitte Dich, erhöre mich!

Eines Nachts, während draußen auf der Straße drei Schatten einen Besoffenen zusammenschlugen und ausraubten, erkannte ich meine Berufung: Ich bin der Racheengel des Herrn. Vom Allmächtigen selbst in diese sündige Welt gesandt, sie mit Feuer und Schwefel zu reinigen. Polizei und Notarzt kamen, und der Herr sprach zu mir: *Die*

Zeit der Liebe ist vorbei. Am Morgen spritzte die Stadtreinigung das Blut des Besoffenen vom Trottoir, und ich schlief erlöst ein.

Traumloser Schlaf, traumlose Zeit. Wenn das der Tod wäre, warum dann leben? Auch aus dem tiefsten Schlaf gibt es ein Erwachen. Dr. Koch, Evas Vater, stach mir mit spitzem Finger in die Brust. »Meine Tochter ist schwanger.« Er riss mir die Decke vom Körper, nackt lag ich vor ihm. »Mach, dass du zu ihr kommst. Vorher wäschst du dich, du stinkst.« Angeekelt riss er das Fenster auf. Dr. med. Peter Koch, Gynäkologe und Geburtshelfer, riss alles auf: vernarbte Wunden, alte Erinnerungen, die Angst vor der Zukunft.

»Sie will das Kind behalten«, knurrte er. Wenn es nach ihm gegangen wäre, hätte er das Gekröse in Evas Leib ausgekratzt.

Es war meine zweite Chance. Ich wollte sie nutzen und ein neues Leben anfangen. Lieber Vater, der Du bist im Himmel, danke, dass Du mich aus der Scheiße rausgeholt hast! Ich werde mich bessern, mit dem Trinken aufhören und die Angst vertreiben. Es gibt keine Angst. Ich werde mich nicht mehr aus der Bahn werfen lassen, wenn mir eine Schneeflocke den Weg versperrt, ich werde sie mit einem Brennglas aus dem Weg räumen. Es gibt keine Hindernisse. Egal, wie stark es schneit.

Als ich mit einem Blumenstrauß vor Eva stand, spiegelte sich meine Angst in ihren Augen. Eva war wunderschön. Ihr Blick klar, das Haar nachgewachsen. Es glänzte nach Eigelb und duftigen Versprechen. Das machen die Hormone, alle schwangeren Frauen sind so, mit Brüsten voll und fest. Als ob nichts gewesen wäre, schlang sie die Arme um mich und drückte mir einen Kuss auf den Mund. Ihre Lippen feucht, der Speichel, etwas bitter, schmeckte nach Tabletten.

Kein Gedanke mehr an Scheidung. Die Wohnung war neu eingerichtet. Neuer Anfang, neue Möbel, neues Glück. Evas Vater hatte es bezahlt.

Die Schwangerschaft verlief problemlos. Eva hatte kaum Wasser in den Beinen, sie lief herum wie ein junges Fohlen und lachte viel. Ich machte mir mehr Sorgen als sie. Als wir einmal am Fühlinger See schwimmen waren und Eva unbedingt ins Wasser wollte, habe ich darauf bestanden, dass sie nur bis zu den Oberschenkeln hineinging. Ich hatte Angst, dass in dem schmutzigen Wasser Bakterien schwammen, die nur darauf lauerten, in sie reinzukriechen und ihre Leibesfrucht zu schädigen.

Beim Vögeln war Eva eine läufige Katze. Ständig schnurrte sie und griff nach meinem Schwanz. »Du läufst mir nicht noch einmal weg!« Sogar in der voll besetzten U-Bahn konnte sie es nicht lassen. Im Kino holte sie ihn mir aus der Hose und spielte mit ihm, bis ich mich in ihre Hand ergoss. Es war ein langweiliger Film, und ich schaute mich die ganze Zeit über besorgt um, ob jemand merkte, was Eva da machte. Aber so weit hinten im Kino saß keiner außer uns. Wir hatten kein Taschentuch dabei, um uns zu säubern, und Eva schleckte alles weg wie die Katze die Milch. »Das ist doch nicht normal, ich bin immer nass!«, freute sie sich, nahm meine Hand und steckte sie in ihren Slip. »Fühlst du es?« Ich glaube, ich habe in meinem Leben nie so viel gefickt wie während Evas zweiter Schwangerschaft, nicht einmal während der wilden Zeiten mit Mona an der Friedhofsmauer.

Ich bin nie mit zur Schwangerschaftsgymnastik gegangen. Eva war das nur recht. Sie meinte: »Wenn es darauf ankommt, drücke ich sowieso alleine.« Sie amüsierte sich über die Männer, die sich zu ihren Frauen auf die Schaumstoffmatte legten und mit ihnen nach Luft hechelten. Auf das Kommando der Hebamme *Drücken! Drücken! Drücken! Drücken!* drückten sie mit, bis ihnen die Kacke in der Unterhose stand. Wenn es sie glücklich machte, bitte. Jeder nach seiner Fasson. Ich habe mich nur geärgert, als Eva mir erzählte, wie die anderen schwangeren Weiber sie bedauerten, weil sie immer allein zur Gymnastik kam. »Sind Sie alleinerziehend? Oder hat Ihr Mann keine Zeit?«

Eva und ich beschlossen, unser Kind zu Hause zur Welt zu bringen. Ganz ohne ihren Vater, den Gynäkologen und Geburtshelfer Dr. med. Peter Koch. Wir wollten unter uns sein, nur Eva, ich und Frau Kolvenbach, die Hebamme, die aussah wie eine gutmütige Hexe mit ausgetrockneten Wurzelfingern. Ich habe eine Plastikfolie gekauft, sie auf die Matratze gelegt und das Bett mit neuer Bettwäsche bezogen. Farbentrunkene Schmetterlinge torkelten über eine Wiese mit Klatschmohn. Wir haben uns hineingelegt und gewartet. Im Fernsehen lief ein alter Schwarz-Weiß-Krimi, *Die toten Augen von Lon-*

don mit Klaus Kinski als wahnsinnigem Butler. Früher mag das gruselig gewesen sein, jetzt war es nur komisch. So komisch, dass Eva die Wehen kaum spürte. Sie wurden stärker, und ich rief Frau Kolvenbach an. Als sie unten an der Haustür klingelte, stellte ich den Fernseher ab. Frau Kolvenbach musste nicht wissen, was wir uns zur Geburtsvorbereitung ansahen. Deshalb weiß ich bis heute nicht, wie der Film ausgegangen ist.

Natürlich ist doch etwas dazwischengekommen. Frau Kolvenbach horchte die Herztöne des Kindes ab. Sie waren zu langsam, meinte sie besorgt. Und wurden immer langsamer.

»Wir fahren besser ins Krankenhaus.« Sie rief den Rettungswagen. Sofort war die alte Angst wieder da. Eva zitterte und sah erbärmlich aus.

»Kein Grund zur Sorge! Es ist nur vorsichtshalber«, beruhigte Frau Kolvenbach uns. Damit machte sie es nur schlimmer. Jetzt war sie nur noch eine alte hilflose Frau und keine Hexe mit Zauberfingern.

Der Rettungswagen kam mit zwei schnöseligen Sanitätern, die alles besser wussten. Hausgeburt, so ein Quatsch, quengelten sie gereizt. »Wenn es so weit ist, müssen wir kommen. Vierter Stock, kein Aufzug, enges Treppenhaus, und wer muss die Frau runterschleppen? Wir! Die kaputten Bandscheiben bezahlt uns keiner.«

Im Krankenhaus ging es ganz schnell. Kaum lag Eva im Kreißsaal und hatte dreimal gepresst, da war das Kind da. Ein Mädchen! Die Nabelschnur hatte sich zweimal um seinen Hals geschlungen. Glück gehabt, kleines Mädchen, beinahe hättest du dich selber stranguliert. Als wir dich sahen, wussten wir sofort den richtigen Namen für dich: Marie!

Marie war hübsch. Nein, sie war wunderschön! Ich weiß, alle Eltern sagen das, aber bei Marie stimmte es. Sie hatte pechschwarzes Haar, und nachdem Frau Kolvenbach das Blut und die Käseschmiere abgewaschen hatte, glänzte ihre zarte Haut im Schein der Wärmelampe. Marie hatte einen braunen Pelz mit zitternden Härchen. Ein kleines Tierchen! Als sie die Augen öffnete, sah ich in ein blaues Meer. Dasselbe blaue Meer wie in Evas Augen, ich hätte hineinspringen und sterben können.

Drei Stunden später sind wir mit dem Taxi nach Hause gefahren. Eva wollte nicht im Krankenhaus bleiben. Wir mussten ein Formular unterschreiben, dass wir auf eigene Verantwortung gingen. Sie gaben uns für Marie eine Decke mit, und weg waren wir.

Der Morgen graute, die Straßen waren menschenleer. Es war still, selbst der Taxifahrer hielt den Mund. An der roten Ampel stellte er den Motor ab, und wir alle lauschten auf Maries Atem. Sie schlief in Evas Arm. Ein Bild, das ich nie vergessen werde: Ein Taxi wartet an einer menschenleeren Kreuzung darauf, dass die Ampel von Rot auf Grün springt. Die Stadt scheint ausgestorben, alle sind geflüchtet und haben sie verlassen, wir sind die Letzten. Aber wir haben keine Angst. Uns ist ein Kind geboren. Der schnauzbärtige Taxifahrer ist unser Schutzengel, die Taxiuhr tickt. Das Leben geht weiter, obwohl alles stillzustehen scheint.

Ganz leicht steigen wir die Treppen zu unserer Dachwohnung hoch. Vor der Wohnungstür sitzt ein tschilpender Spatz. Er muss durch das offene Flurfenster hineingeflogen sein. Jetzt weiß er nicht ein noch aus. Ich nehme ihn in die Hand, ein einziges pochendes Herz, trage ihn ans Fenster und lasse ihn hinausfliegen.

Eva und ich liegen im Bett, zwischen uns Marie. Wir betrachten sie und lächeln uns ungläubig an. Das sind wir! Das Leben hat wieder einen Sinn.

Am nächsten Tag kommen die Freunde und Kollegen zu Besuch, um zu gratulieren. Die Wohnung ist voll, alle drängen sich um das Bett, in dem Eva und Marie erschöpft schlafen. Wir trinken auf ihre Gesundheit. Wir trinken viel, und wir rauchen viel. Die Luft ist fett vom Zigarettenqualm und dem Duft der Blumensträuße. Das ist nicht gut für Maries zarte Lungen, aber die Freude ist einfach zu groß. Es ist auch nur für ein paar Stunden. Danach ziehe ich auf ein paar Bier mit den Kollegen in die Kneipe, damit Mutter und Kind endlich ihre Ruhe haben. Als ich zurück nach Hause komme, besoffen von Glück, ist es dunkel. Ihr schlaft fest, und ich lege mich zu euch. Obwohl ich mich leicht fühle wie der Spatz vor unserer Wohnungstür, spüre ich eine innere Unruhe. Zuerst ganz leise und zögerlich. Dann immer drängender. Bis es in meinem Kopf stürmt. Ich kann die Augen fest zusammenpressen, mir die Ohren zuhalten, es tobt in mir und schreit um Hilfe. Nach außen mache ich einen ruhigen Eindruck und strahle Sicherheit aus. Als Eva wach wird und mir in die Augen schaut, sieht sie nichts von dem

Chaos, das sich in mir breitmacht. Ich weine. Eva küsst mir die Tränen weg, sie hält sie für Tränen des Glücks. Vielleicht hat sie ja recht. Wir betrachten unsere kleine Tochter, sehen zu, wie ihre Nase beim Atmen zittert, ihre Augenlider flattern. Was mag Marie wohl träumen? Plötzlich reißt sie die Augen auf, sieht uns aus diesem unendlichen Blau an und schreit. Wir erschrecken. Und lachen. Marie hat Hunger. Eva hält ihre Brustwarze an Maries quengelnden Mund, so wie Frau Kolvenbach es ihr gezeigt hat und ich es auch probiert habe. Gierig schnappt Marie zu, eine kleine Menschenfresserin mit einem zahnlosen Fischmaul. Sie wird schnell wachsen und uns viel Freude bereiten.

Es gibt viele letzte Worte.
»Mach das Fenster auf.«
»Ich kriege keine Luft mehr.«
»Es wird auf einmal so dunkel.«
»Es wird auf einmal so hell.«

Der Tod reitet auf einem Seepferdchen und zwinkert mir zu. Ich springe mit einem weiten Kopfsprung ins Wasserbecken und will unbedingt die 25 Meter durchtauchen. Zu Anfang geht es gut, der Sauerstoff perlt durch meine Adern wie die Kohlensäure in der Sektflasche. Doch auf den letzten Metern habe ich keine Luft mehr. Ich sterbe, wenn ich nicht sofort auftauche. Ich darf nicht aufgeben, ich muss es schaffen. Mächtige Orgelmusik dröhnt in meinen Ohren, durchsichtige Schatten winken mich hinab in die Tiefe, raunen mir ihr verführerisches *Komm doch! Komm! Hier ist es schön!* zu.

Nichts ist schön. Chlor sticht in die Nase, der betäubende Geruch von Urin, Haarspray und Shampoo, aufdringlichem Parfüm und Rasierwasser. Pilze und Bakterien aalen sich im Wasser und warten, dass eine aufgeweichte Schwimmhaut nahe genug an ihnen vorbeizieht, um sich in ihr festzubeißen.

Der Tod reitet auf einem Seepferdchen im Rösselsprung auf dem blau-weißen Fliesenmuster des Städtischen Schwimmbads in Köln-Zollstock, und ich folge ihm. Oben am Beckenrand steht Marie bibbernd in ihrem nassen Badeanzug und sieht zu, wie ich tauche. Sie verliert keinen Gedanken daran, dass ich es nicht schaffen könnte. Sie traut mir alles zu, denn ich bin der stärkste Mann der Welt, seitdem ich sie in die Luft geworfen habe, so hoch, dass sie mit dem Kopf an die Zimmerdecke gestoßen ist. Nicht fest, nur ganz leicht, Hohes Gericht! Ich schwöre: Es ist nichts passiert! Marie hat sich nicht einmal eine Beule geholt. Sie ist stolz auf mich und glaubt, dass ich sie bis in den Himmel werfen kann, wo die Engel sie auffangen.

Ein losgelöstes Heftpflaster schwebt über dem Boden. Ich sehe den Beckenrand auftauchen, reiße den Kopf aus dem Wasser, schnappe nach Luft. *Luft, Luft, Luft!* Geschafft, aber kein Triumph. Ein ungeheurer Schmerz schießt mir in den Kopf, zerreißt mir die Eingeweide. Jeder Atemzug tut unsäglich weh, aber ich muss atmen. *Luft, Luft, Luft!* Was ist das? Das Herz? Der Magen? Das Hirn? Marie sieht stolz auf mich hinab. Dabei bibbert sie und klappert mit den Zähnen. Ich versuche ein Lächeln. Es muss schrecklich aussehen. Marie schaut mich besorgt an, vergisst das Zähneklappern und die fröstelnde Gänsehaut.

»Papa, tut dir was weh?«

Oh, Gott, tu mir das nicht an, dass ich jetzt sterbe! Was soll aus der Kleinen werden? Ich muss ihr noch so viel beibringen. Die Welt ist so schön. Und so schlecht. Erst gestern hatten wir eine Leichensache, da darf ich gar nicht dran denken, ohne dass der Schmerz wieder stärker wird. Ein 70-jähriger Mann hat seinen Sohn, seine Frau und anschließend sich selbst umgebracht. Der Sohn war 35 und von Geburt an schwerbehindert. Die Frau war 72 Jahre, sie hatte vor zwei Jahren der Schlag getroffen. Der Mann hat die gelähmte Frau und den behinderten Sohn allein versorgt. Er hat es nicht geschafft. Mit einer Pistole aus dem Zweiten Weltkrieg hat er seine Familie und sich ausgelöscht. Und da fragt Marie, ob mir etwas wehtut. »Nein, alles wunderbar«, sage ich. Als ich mühsam aus dem Becken gestiegen bin, muss ich ihr versprechen, nicht mehr zu tauchen.

Mir tut das Herz weh. Früher bin ich locker 25 Meter getaucht und hatte sogar genug Luft für eine Wende und zehn Meter zurück durch das Nichtschwimmerbecken bis zum Absperrseil. Der Herzschmerz ist ein Stoß mit dem Zaunpfahl. Lass es langsamer angehen, Georg! Schau dich an, du treibst Raubbau mit deinem Körper. Hör mit dem Trinken auf. Merkst du nicht, wie du schon wartest, dass es dunkel wird, damit du endlich ein Glas trinken kannst? Kein Glas vor Sonnenuntergang, alte englische Kolonialweisheit. Gin mit Tonic ist Medizin, Chinin ist gut gegen Malaria. Jeder Anlass, die Trinkregeln außer Kraft zu setzen, ist dir willkommen. Beerdigung oder Beförderung, ich bin dabei. Mein Gehirn funktioniert anders als das meiner Kollegen. Ich muss Alkohol nur riechen, schon setzt es bei mir aus. Eine genießerische Weinprobe mit Mundausspülen und Ausspucken ist bei mir nicht drin. Ich lasse den Alkohol in mich reinlaufen wie ein ausgetrockneter Wagen an der Tankstelle den Sprit. Ich komme nur nicht weit, ein kurzes Stück, schon bin ich leer gebrannt. Von den Zigarettenketten will ich gar nicht reden. Georg, alter Drachentöter, du musst dein Leben ändern!

»Geh zum Arzt, Georg! Bitte!« Eva merkt als Erste, dass etwas nicht stimmt. Auch die Kollegen machen sich Sorgen um mich. Mir steigen die Tränen in die Augen. Beim geringsten Anlass heule ich los. Gestern musste ich aus der Besprechung, damit sie es nicht merkten. Ich bin mit den Nerven fertig. Der Stress bei der Arbeit, die Überstunden, der Krach mit dem Vermieter. Die Reparatur am Wagen. Drei Wochen muss ich durchhalten, dann ist Urlaub. Sonne und Meer, keine Toten, die mir nach Hause folgen, an meinem Bett stehen und sich in meine Träume schleichen.

Schlafen. Im warmen Sand liegen und schlafen. Mit Marie ins Wasser gehen, für sie das Seepferdchen machen. Marie klammert sich an meinen Rücken und ich schüttele sie ab. Los, mein Pferdchen!

Manchmal sehe ich klar: Ein Schwarm kreischender Krähen fliegt in Formation am Himmel, steigt auf, kreist, stürzt hinab, lässt sich auf dem Ausleger eines Baukrans nieder und wartet. Eine Krähe nach der anderen scheißt ihre schwarze Seele aus, fällt vom Himmel auf die Erde, die Müllabfuhr kommt und fegt sie weg. Als ich in Maries Alter war, habe ich eine tote Taube gefunden und sie in einer Zigarrenkiste begraben. Mit der Zeit sind eine Maus, ein Wellensittich, ein Spatz und ein Schmetterling dazugekommen. Jeden Tag bin ich auf meinen Privatfriedhof in den Stadtwald gegangen und habe für die armen Seelen gebetet. Streunende Hunde haben meine selbst gemachten Kreuze aus Birkenzweigen zerbissen und die Gräber aufgescharrt. Nur eine Taubenfeder schwamm in der Pfütze. Ich war wütend auf die Köter und hätte sie umbringen können. Trotzdem habe ich mir gewünscht, fliegen zu können. Über allem zu schweben wie eine Wolke am Himmel. Meine Tränen fallen auf die Erde, ein ergiebiger Regen, der alles wachsen lässt.

Evas letzte Worte waren:

»Wo steht das Auto?«

Zum Abschied hat sie mir einen Kuss gegeben.

»Tschüss Papa!«

Das waren Maries letzte Worte. Bestimmt haben Marie und Eva sich im Wagen weiter unterhalten. Marie kann beim Autofahren nicht den Mund halten. Wenn sie still ist, wird ihr schlecht, und wenn sie mal nicht reden soll, muss sie singen. Ich nehme an, dass Eva mit ihr gesungen hat. Sie hatten es eilig, zum Kindergeburtstag von Maries bester Freundin zu kommen. Normalerweise hätte ich Marie gefahren, aber ich habe mich nach der Herzattacke im Schwimmbad elend gefühlt und mich auf die Couch gelegt. Eva hat mir eine Wärmflasche und Kamillentee gemacht.

Im Radio spielten sie die *Cavalleria Rusticana* mit der göttlichen Maria Callas. Ich liebe die Oper: Mord und Totschlag, Liebe und Leidenschaft, Hass und Wahnsinn. Wie im richtigen Leben, nur nicht so banal.

Ich habe geschlafen, als sie mich zu Hause abgeholt

haben. Wenn es darauf ankommt, flippe ich nicht aus. Ich bin professionell und beherrscht. Erst wenn alles vorbei ist, gehe ich zum Weinen in den Keller. Bis dahin behalte ich einen klaren Kopf, speichere Eindrücke, sichere Spuren, mache Notizen.

Sie haben Eva aus der Kühlbox gezogen. Ihr Gesicht war aufgeplatzt und zerschnitten.

»Ist das Ihre Frau?«

Du hast mich mit deinem linken, unversehrten Auge angeschaut, froh, der Dunkelheit entkommen zu sein und mich zu sehen. Dein rechtes Auge war zugeschwollen. Vorsichtig habe ich es geöffnet und den Glassplitter der Windschutzscheibe herausgezogen. Ich habe dich in die Arme genommen, und du hast dich leicht und schlaff wie ein kleiner Spatz angefühlt. Nichts wird uns trennen.

Marie lag nackt auf dem Bett. Es war kalt auf der Intensivstation, aber sie hatten sie nicht einmal mit einem Laken zugedeckt. Ich habe den Arzt am Hals gepackt und gewürgt. »Warum deckt ihr sie nicht zu? Es zieht hier und es ist kalt und sie schämt sich, so nackt dazuliegen! Ihr zieht euch einen Kittel an und lasst die Kleine nackt daliegen! Wo ist ihr Kleid? Das mit den Sonnenblumen? Sonnenblumen sind ihre Lieblingsblumen, meine Tochter hat es sich selber ausgesucht!«

Marie hat mich verwundert angesehen. »Armer Papa!« Und dann hat sie mir stolz zugeflüstert: »Du bist so stark.«

Der Stationsarzt hat geschrien: »Ihre Tochter ist tot! Lassen Sie mich los! Sie bringen mich um! Herr Kupinski, hören Sie! Sie friert nicht mehr, sie ist tot!«

Ich habe mit der Faust sein Gesicht blutig geschlagen.

»Bloß weil sie ein kleines Mädchen ist und sich nicht wehren kann, meint ihr, ihr könnt mit ihr machen, was ihr wollt!«

Auf dem Fußboden lag Maries Kleid, es war mit Blut befleckt und an den Schultern zerrissen. Trotzdem habe ich es Marie angezogen. »Ich pass auf dich auf, meine Kleine, ich bin bei dir. Solange ich bei dir bin, wird dir nichts passieren.«

Ich bin nicht bei der Beerdigung gewesen. Sie haben mir gesagt, es täte ihnen schrecklich leid, aber sie hätten nicht länger warten können. Ich wüsste selber, dass Leichen sich nicht ewig halten, auch nicht in der Kühlkammer. Zudem hätten die Angehörigen gedrängt, der Warterei ein Ende zu machen. »Herr Kupinski, ist Ihnen eigentlich klar, wie viel Glück im Unglück Sie gehabt haben«, fragte mich der Oberarzt. Wenn ich nicht auf der Intensivstation ausgerastet wäre, hätte ich keine Überlebenschance gehabt. Ich sei vier Minuten lang klinisch tot gewesen, bevor der Stationsarzt, dem ich gerade das Nasenbein gebrochen hatte, wieder auf den Beinen war und mir Adrenalin ins Herz gespritzt hat.

Die Ärzte wollten wissen, wie das ist, tot zu sein. Beruhigend oder beängstigend? Ob da ein Licht war? Ein strahlendes Weiß oder ein tiefes Schwarz? Ob mein Leben wie im Kurzfilm an mir vorbeigerauscht ist? Sie hätten einen Doktoranden in der Neurologie, der würde an einer Arbeit über Menschen wie mich schreiben. Menschen, die für kurze Zeit die andere Seite gesehen haben und zurückgekehrt sind.

»Haben Sie etwas gehört? Musik wie aus einem Requiem von Mozart? Die Callas? Die Rolling Stones? War da ein Schweigen? Haben Sie unbekannte Stimmen gehört? Ein Flüstern? Gott? Nichts? Gar nichts? Schade.«

Ich konnte mich an alles erinnern, aber ich behielt es für mich. Das hat nichts mit Paranoia zu tun. Wie konnten sie mir erzählen, sie hätten sich Sorgen um mich gemacht, und gleichzeitig zulassen, dass meine Frau und mein Kind begraben wurden, ohne dass ich Abschied von ihnen nehmen konnte? Sie wussten genau, was sie mir antaten, aber es war ihnen egal. Sie waren nicht anders als ihre Maschinen. Gefühllose Maschinen, die anderen Maschinen Kommandos geben: Einatmen! Luft anhalten! Ausatmen! Weiteratmen!

Es war ein Fehler, dass ich so überhastet gehandelt habe. Meine alte Unbeherrschtheit. Sonst wäre ich nicht im Flügelhemd zum Friedhof gelaufen und hätte versucht, euch mit den Händen auszugraben. Der Grabhügel war schon ein wenig eingesunken, der Boden gefroren. Die Fingernägel sind mir abgebrochen. Irgendwann spürte ich den Sargdeckel unter meinen blutenden Fingern. Wenn die Polizei nicht gekommen wäre, hätte ich es geschafft. Plötzlich waren sie da und haben mich aus der Grube gezogen. Ich habe sie auf Knien beschworen, mich zu lassen. Ein Auge zuzudrücken, in ihren Streifenwagen zu steigen und weiterzufahren. »Kollegen! Macht keinen Scheiß!« Sie waren nicht einmal wegen mir da. Reine Routinekontrolle, seitdem die Satanisten auf dem Friedhof schwarze Messen feierten. Die Bullen kannten mich sogar und brachten mich trotzdem zurück!

Die Ärzte stopften mich mit Drogen voll. *Heilschlaf* nannten sie es. Als ich wach wurde, wollten sie wissen, wie es mir ging. »Viel besser, Herr Doktor! Danke der Nachfrage«, sagte ich. »Nein, ich kann mich nicht erinnern, dass ich so etwas gemacht habe. Wenn Sie das sagen, Herr Doktor, wird es schon stimmen.«

Eine Krähe hackt der anderen kein Auge aus, im Vertuschen sind sie groß. Ich hasse Krähen. Sie sind heimtückisch, feige und trauen sich nur an Schwächere. Ich bin von Natur aus kein misstrauischer Mensch, das ist mit der Zeit gekommen. Ich habe meine Erfahrungen gemacht. »Wer sich auf Gott verlässt, ist schon verlassen«, hat mein Vater gesagt. Recht hat er. Wenn ich jetzt einen Funken Misstrauen in mir habe, lodert bald ein Feuer. Was ist, wenn Eva und Marie nicht tot gewesen sind, sondern nur scheintot? Wie oft ist es schon passiert, dass ein Toter an den Sargdeckel geklopft hat? Wie in dem Fall der Frau, die aufgebahrt in der Leichenhalle liegt. Plötzlich muss sie niesen, mitten im Requiem. Sie ist allergisch gegen Lilien, und ihre Nachbarin hat ihr einen Strauß weißer Lilien ans Kopfende stellen lassen. Das hat ihr das Leben gerettet. Hinterher haben wir ermittelt, dass die Nachbarin die Frau mit Digitalis vergiftet hat, um an ihre Wohnung zu kommen, weil die ein Zimmer mehr hat als die eigene.

Also, was heißt schon tot? Früher haben die Leute Klingeldraht vom frisch zugeschütteten Grab ins Haus des Totengräbers gelegt. Den Draht haben sie dem Toten um den Finger gewickelt, damit er läuten konnte, wenn er zurück auf die andere Seite wollte. Vielleicht waren Marie und Eva nicht wirklich tot und könnten noch leben. Zumindest Marie. Mein kleiner Engel, wir brauchen keinen Draht, um zu wissen, dass wir auf immer und ewig zusammengehören. Ich spüre dein Herz klopfen und den samtenen Hauch deines Atems. Ganz sparsam, denn du teilst dir deine Luft ein, damit ich Zeit habe, dich aus dem Dunkel rauszuholen.

Sie hatten mich an Armen und Beinen ans Bett gebunden, einen breiten Ledergurt um die Brust. Kooperieren, guten Willen zeigen, sonst halten sie einen nur länger fest. Was ist, wenn sie mich vergessen? Nicht mehr zurückkommen und mich liegen lassen? Wenn die Decke einstürzt? Wenn es brennt? Wenn plötzlich Krieg ist? Wenn die Bomben fallen? Die Ratten wittern sofort, dass ich mich nicht wehren kann. Ich kann mir unvorstellbare Qualen vorstellen, aber das ist kein Grund, mich ihnen feige zu ergeben. Mein Kopf bleibt in Bewegung, er wehrt sich, nutzt alle Erinnerungen, auch die verschütteten, mögen sie noch so falsch sein, als Waffe gegen die Mächte der Selbstvernichtung. Bauklötze aus der Vergangenheit, die ich aufbaue und einstürzen lasse. Ich übermale die Märchenbilder: Der Rattenfänger von Hameln bekommt Hilfe vom gestiefelten Kater, zusammen ziehen wir in den Kampf und vertreiben das Ungeziefer aus der Stadt. Die Ledergurte geben mich frei, die Stechmücke unter meinem geschwollenen Auge wird zum Schmetterling, aus dem Schmetterling wird ein Schmetterlingskuss. Aus dem Kuss wachsen die feuchten Lippen einer Frau, ihr

Körper presst sich an mich. Du bist es! Es sind deine Arme, die mich umschlingen, es ist dein Atem, der mich belebt. Das Gefängnis hat keine Chance. Was gehen mich die Fesseln an? Ich bin frei! Solange die Waggons in meinem Kopf rattern, lasse ich Jungfrauen schweben, bin ich im Puff von Barcelona der Sieger einer Messerstecherei, verzaubere ich die indische Krankenschwester mit einem Augenzwinkern in eine liebestolle Mücke und zerquetsche sie mit einem Fingerschnipsen. Ganz wie ich will. Der Schmerz, mit dem sie mich zerbrechen wollen, muntert mich auf. Folterknechte sind Lakaien, namenloses Werkzeug. Vergessen, bevor sie geboren sind. Ich werde ewig leben. Gott wird siebzehn Jungfrauen aus einer Wolke hervorzaubern, mit einem weichen Kaninchenfell zwischen den Beinen. Ich werde sie streicheln, um sie nicht zu beleidigen, und dann wegschicken. Eva, mein Engel, ich werde dich nie betrügen! Denn ich liebe nur dich und werde niemals von dir lassen.

Wenn es ganz schlimm ist, nehme ich ein heißes Bad, um die Güterzüge in meinem Kopf zu beruhigen. Höre die *Cavalleria Rusticana* und lasse die Musik in mich eintropfen. Das Rattern der Güterwaggons nimmt den Rhythmus auf, Eisenräder kreischen, Weichen schwingen hin und her, die Bremsklötze können die Waggons nicht stoppen. Immer schneller, schneller, schneller! Sie reißen die Prellböcke aus der Verankerung, schleifen sie eine Strecke mit, werden langsamer, kippen um. Entgleiste Kraft, Schrott im Gestrüpp, die apokalyptischen Reiter schinden ihre Pferde zu Tode.

Es ist Tag für Tag und Jahr für Jahr dasselbe. Irgendwo ist Krieg, soundsoviele Tote, noch mehr Verwundete. Eisenbahnzusammenstöße, Flugzeugabstürze, Erdbeben, Überschwemmungen. Und Verbrechen: Totschlag, Mord, Serienmord, Brandstiftung, Entführung, Fahrerflucht, Terror. Ich hasse die Nachrichten. Schon als ich ein Kind war, hieß es: *Halt den Mund, ich will die Nachrichten hören!* Die Nachrichten wurden lauter gedreht, ich musste leise sein. Die Welt war ungerecht: Sie durften reden, ich musste den Mund halten und ihnen zuhören. Weil sie die Macht hatten. War das, was sie zu sagen hatten, wichtiger als meine Nachrichten? Auch ich hatte von Katastrophen zu berichten: Prinz-Ferdinand-Straße. Vier Jungen haben nach der Schule in der Garageneinfahrt auf der Prinz-Ferdinand-Straße 63 dem kleinen Georg Kupinski die Mütze weggenommen. Jetzt hat der Junge Angst vor den Prügeln, die ihn erwarten, wenn er ohne Mütze nach Hause kommt. Die Eltern, Karl und Elisabeth Kupinski, sind verärgert, weil es die dritte Mütze innerhalb von zwei Wochen ist, die ihr Sohn sich hat wegnehmen lassen. »Der Junge soll endlich lernen, sich zu wehren«, sagt der aufgebrachte Vater unserem Reporter. »Später im richtigen Leben kriegt er auch nichts geschenkt.«

Es nützt nichts, dass ich zu meiner Verteidigung anführe, die waren zu viert und hatten Stöcke, und ich war allein. Und die waren auch viel größer als ich. Dann kommt als Antwort, dass man sich trotzdem wehren muss. Sonst ist man ein Feigling. Wenn man sich einmal etwas gefallen lässt, kommen sie wieder und machen mit dir, was sie wollen. Sie terrorisieren dich auf immer und ewig. Georg, du bist kein Baby mehr! Wehr dich! Du kannst nicht immer nur *Mama-Mama!* und *Papa-Papa!* schreien! Hilf dir selbst, Georg! Dann hilft dir Gott!

Gott hat sich auf die Seite der anderen geschlagen. Mir hat er nie geholfen. Dabei war ich sein ergebenster Diener und habe die andere Wange hingehalten. Ja, lieber Gott! Ich habe dich geliebt! Ich habe Rotz und Wasser geheult, wenn ich Jesus am Kreuz hängen sah.

»Das hat Jesus für dich getan, Georg«, hat mich der Pfarrer im Beichtstuhl ermahnt. »Also beflecke deine Seele nicht mit sündigen Gedanken, Worten und Werken!«

Ich habe mir meine unsterbliche Seele wie ein Sägeblatt vorgestellt, aus blankem Edelstahl wie eine Nirosta-Spüle oder wie den Rahmen von Vaters Aquarium. Die Sünden zeigten sich als angelaufene Stellen und, wenn sie besonders schlimm waren, als Rostflecke. Wenn die Seele rein war, konnte sie singen wie die Säge im Zirkus. Zur Buße habe ich Rosenkränze im Akkord gebetet. Es hat nichts geholfen, ich habe meine Seele aufs Neue mit frischen Sünden befleckt. Vater und Mutter nicht geehrt, unreine Worte gesagt, schmutzige Gedanken gehabt, gelogen, genascht, unkeusche Teile angefasst.

Jesus, der seine Augen überall hat, schaute gequält zu. Der Pfarrer ermahnte mich: »Georg, für jede deiner Sünden wird das liebe Jesuskind ans Kreuz geschlagen!«

Bitte, bitte lieber Gott, verzeih mir! Gib mir ein Zeichen! Lass Jesus am Kreuz mit dem Auge zwinkern! Oder lächeln! Mach, dass er nicht wieder ans Kreuz muss! Ich bereute und bereute, betete und betete, aber das war mit Rosenkranzgeplapper nicht wiedergutzumachen.

An einem Samstagnachmittag ging ich nach der Beichte in den Keller und schlug mir einen Nagel in die linke Hand. Ich nagelte mich an der Kartoffelkiste fest. Es tat nicht weh. Im Gegenteil. Es war ein süßes, fiebriges Gefühl und blutete kaum, obwohl ich einen dicken Zimmermannsnagel genommen hatte. Wie gerne hätte ich mir auch noch einen Nagel durch die rechte Hand geschlagen. Es ging nicht, weil ich die festgenagelte Linke nicht bewegen konnte. *Für Dich, lieber Jesus! Für Dich! Wegen mir musst Du nicht ans Kreuz!* So saß ich im Keller, bis es draußen dunkel wurde und das Licht der Straßenlaterne durchs Kellerloch fiel.

Die Hand tat schrecklich weh. Ich schrie um Hilfe, weil ich den Nagel nicht aus der Kartoffelkiste ziehen konnte. Keiner kam. Im Fernsehen lief die Sportschau. Jesus sah vom Himmel aus zu und schwieg, Gottvater, der Heilige Geist, Maria, alle Heiligen und Engel sahen zu und taten nichts.

Endlich kam Tante Ruth. Tante Ruth holte meine Mutter, meine Mutter holte meinen Vater, mein Vater holte eine Kneifzange aus der Werkzeugkiste, zog den Nagel aus meiner Hand und gab mir eine Ohrfeige.

Das Loch in der Hand ist gut verheilt. Von dem Tag an habe ich sie zur Faust geballt und zugeschlagen. Gott ist tot. Im dunklen Keller ist er für mich gestorben. Nie mehr Beichtstuhl! Schlagen oder geschlagen werden. Ich habe nicht gewusst, wie stark ich bin, ich kann mich wehren, muss mein Kinn nicht ergeben hinhalten und beim ersten Schlag zu Boden gehen. Sie wollen dich am Boden sehen wie den Boxer im Ring. Ein gnadenloser Schlag, die Bretter biegen sich dir entgegen, sie können nicht erwarten, dein Blut zu lecken. Du liegst schon am Boden, ausgequetscht wie eine Orange, da taumeln deine Reflexe über die Nervenbahnen und suchen verwirrt deine Fäuste. Die Reflexe umsirren das vernarbte Loch in der linken Hand, kreisen elektrisiert, bis ihnen schwindlig wird. Sie erlöschen und träumen vom ewigen Leben in der Kartoffelkiste. Im Schlaf wuchern ihnen neue Nervenenden, die sich schamlos mit den Rattenschwänzen der Kartoffelkeime paaren. Nachts vereist sie der Frost, am Morgen tauen sie auf. Zuckend verfaulen sie und fühlen sich wohl in dem schimmeligen Matsch. Wie schön wäre es, liegen zu bleiben. Nicht wieder aufstehen zu müssen, nur um erneut eins in die Fresse zu kriegen. Sich in die Niederlage fügen und in ihr suhlen.

Die Zeit heilt alle Wunden? Was für ein Unsinn. Ein Gang durch die Wohnung – und sie bluten. Maries Puppen, ihr Schulranzen, ihre Kakaotasse mit der Frühlingswiese und dem kleinen Maulwurf. Ich mache den Kleiderschrank auf, und der Duft von Evas Wäsche hüllt mich ein. Maries Bett, das Eva mit einer Frühlingswiese und einem Himmel voll weidender Schäfchenwolken bemalt hat – ich habe alles in schwarze Mülltüten gepackt. Und wieder ausgepackt und zurück in den Schrank geräumt. Jetzt ist alles so, wie es war, bevor Eva und Marie ins Auto gestiegen und zum Kindergeburtstag gefahren sind.

Eines Tages werde ich mich von den Sachen trennen. In *Leaving Las Vegas* spielt Nicolas Cage einen Alkoholiker, der seine Sachen in Müllsäcke packt und vor die Haustür stellt. Den Rest verbrennt er und fährt nach Las Vegas, um sich zu Tode zu saufen. Dort verliebt sich eine wunderschöne Hure in ihn. Sie putzt sein vollgekotztes Bad, küsst und vögelt ihn trotz seiner Fahne, wie man es sich nur erträumen kann. Warum ist der Kerl damit nicht glücklich und zufrieden? Die Frau macht alles für ihn! Aus welchem Grund muss er sich noch zu Tode saufen? Und wenn es schon sein muss, hätte er es auch anders haben können: Er hätte saufend und vögelnd in einem sauberen Bett sterben können und hätte nicht die wunderschöne Hure verlassen müssen, um allein auf seiner vollgepissten Matratze in einer Absteige zu verrecken. Im Film sieht das toll aus. Die Elegie des Drecks. Pathos der Sühne. Alle sehen zu und weinen.

Im wirklichen Leben sieht kein Schwein, dass es dich gibt. Du verreckst ohne Zuschauer. Liegst tot auf dem Sofa, die Miete und die Telefonrechnung werden automatisch vom Konto abgebucht, der Überziehungskredit wird überzogen. Du hast keine Freunde, die dich vermissen und an die Tür klopfen. Erst wenn der Gestank deines Kadavers durch die Türritzen in den Flur kriecht, sich hartnäckig in den Fugen der abgetretenen Fliesen festbeißt, sodass die Putzfrau ihn sogar mit reinem Ammoniak nicht vertreiben kann, ruft ein angewiderter Nachbar die Hausverwaltung an. Die Polizei kommt, bricht die Tür auf, die Wohnung wird gelüftet. Letzte Worte: *Er hat gestunken, also so was kann man sich nicht vorstellen. Schrecklich!*

Schon als Kind habe ich mit Leidenschaft *Mörder und Detektiv* gespielt. Ich wollte immer Detektiv sein, die anderen Mörder. Und wenn nicht Mörder, dann wenigstens Opfer. Die Spielregeln sind einfach. Als Tatort braucht man ein dunkles Zimmer. Der Mörder wird ausgelost, keiner darf wissen, wer er ist. Der Detektiv wartet vor der Tür, bis er aus dem Zimmer den Todesschrei des Opfers hört. Dann muss er laut bis zehn zählen, *Ich komme!* rufen, die Tür öffnen und das Licht anmachen. Das Opfer liegt gemeuchelt am Boden, der Detektiv muss rauskriegen, wer der Mörder ist.

Damals habe ich dieselben Fragen gestellt wie heute: Wer hat etwas gesehen? Wo waren Sie? Hat jemand etwas gehört?

Manchmal war der Mörder nicht zu überführen. Da waren Verdächtigungen, aber keine Beweise. Wir änderten die Spielregeln, sodass der Detektiv zum Schluss auch noch den Toten vernehmen durfte: Toter, hast du gesehen, wer dich ermordet hat? Der Tote durfte nur mit einem stummen Ja oder Nein antworten, und der Detektiv durfte ihm nur drei Fragen stellen.

Keiner außer mir wollte den Detektiv spielen. Der Detektiv gehörte als notwendiges Übel zum Spiel, er stand allein draußen vor der Tür und musste warten. Opfer und Mörder waren dagegen eine verschworene Gemeinschaft. Der Detektiv war der Störenfried. Er drang ein in das unheimliche Dunkel und machte das Licht an. Damit war der Spaß vorbei. Im Hellen war es langweilig, im dunklen Zimmer gab es das Herzklopfen und die Angst, dass jemand sich an einen heranschlich, dass sich schwitzige Hände um den Hals legten und zudrückten. Nur im Dunkeln gab es dieses mörderische Allmachtsgefühl, jemandem die Kehle zuzudrücken und seinen Todesschrei zu ersticken.

Franz Altmann kam sich besonders witzig vor. Er spielte den Selbstmörder. Ich bin nicht darauf gekommen, obwohl er so dämlich grinste, während er tot in der Ecke lag und ich mich mit den anderen stritt. Ich beschuldigte sie der Falschaussage, drohte mit dem dritten Grad, Erzwingungshaft und Folter. Einer musste schließlich der Mörder sein. Sie zeigten ihre Lose. Alle hatten das schwarze Kreuz des Opfers. Ich durchsuchte die Taschen der Leiche Franz Altmanns. Franz war kitzelig und wehrte sich lachend. Trotzdem fand ich sein Los mit dem dicken *M* für Mörder. Zur Strafe bekam das Arschloch von jedem Mitspieler drei Tritte in den Hintern. Wir änderten ein letztes Mal die Spielregeln und schlossen Selbstmord aus.

Die Kollegen begrüßten mich herzlich. Hagen Stein, unser Chef, überreichte mir einen Geschenkkorb mit Wurst, Käse, Obst, Konserven mit Spargel, Pilzen, Erbsen, Bohnen. Sah ich so verhungert aus? Kein Alkohol, dafür roter Traubensaft zur Blutbildung. War ich so blass?

»Herzlich willkommen, Georg.« Verlegen schüttelte Hagen mir die Hand. »Die Welt ist ein Krankenhaus, ein jeder kommt da mal raus.«

Wolfi, Stephan, Anna und die anderen von der Abteilung Mord und Totschlag beobachteten mich. Ist das wirklich der alte Georg Kupinski? Sie misstrauten dem Psychologen, der sie auf meine Rückkehr vorbereitet hatte. »Reden Sie ganz normal mit ihm, aber sprechen Sie das tragische Ereignis von sich aus nicht an. Wenn er das Ereignis selber anspricht, weichen Sie ihm nicht aus. Am besten, Sie verhalten sich wie immer.«

Wenn sich unsere Blicke trafen, schauten sie ertappt weg.

Hagen meinte es gut. »Georg, ich weiß, wie schwer das für dich ist. Wenn ich dir irgendwie helfen kann, du weißt, ich bin immer für dich zu sprechen.«

»Danke.«

»Noch etwas, Georg, aber verstehe mich nicht falsch: Wenn die Arbeit zu viel für dich ist und du noch was Zeit brauchst …«

»Danke, Hagen, aber mach dir keine Sorge. Ich bin wieder in Ordnung. Ehrlich.«

Hagen musterte mich. Wenn einer bei uns *ehrlich* sagt, hat er schon gelogen.

»Zu Hause fällt mir die Decke auf den Kopf«, beruhigte ich ihn. »Ich brauche Ablenkung, Hagen. Und Arbeit ist die beste Ablenkung.«

Hagen drückte mir die Hand. »Gut, Georg. Dann auf in den Kampf.«

In den Akten stand sein Name: *Dominik Wolter, 32 Jahre alt, Versicherungskaufmann.* Hat seit 14 Jahren den Führerschein. Mehrfach Strafzettel wegen zu schnellen Fahrens innerhalb geschlossener Ortschaften. Hat auf der Autobahn gedrängelt. Ein notorischer Schnellfahrer, acht Punkte in Flensburg. Geschieden, keine Kinder, lebt allein. Nach dem Unfall begeht er Fahrerflucht, stellt sich aber am nächsten Tag. Gibt an, durchgedreht zu sein und unter Schock gehandelt zu haben. Blutalkohol 0,5 Promille. Normal würde er nie trinken, wenn er fahren müsste. Es sei das erste Mal gewesen. Eine Kollegin hätte nach 15 Jahren Betriebszugehörigkeit ihren Ausstand gegeben, da hätte er mit ihr angestoßen. Das soll keine Entschuldigung sein, es täte ihm leid, was passiert ist. Aber er hätte den Wagen nicht kommen sehen. Zudem hätte er Grün gehabt. Zu schnell sei er auch nicht gefahren, das könne er beschwören. Es sei dunkel gewesen, es habe auch noch geregnet, kein Mensch auf der Straße. Plötzlich sei der andere Wagen aus der Nebenstraße gekommen, trotz der roten Ampel, und mitten auf der Kreuzung stehen geblieben. Er sei sofort aufs Bremspedal gestiegen. Seine Bremsen sind tadellos in Ordnung, erst letzte Woche ist sein Wagen ohne Beanstandung durch den *TÜV* gekommen. Wolter legt größten Wert auf Sicherheit, wie Michael Schumacher. »Schumi wäre auch schon tot, wenn er nicht so ein Sicherheitsfanatiker wäre.« So hart Wolter auch auf die Bremse getreten hätte, es hätte nicht gereicht.

Wolter hat die Gesichter der beiden gesehen. Die Frau hat ihn verwundert angeschaut, das Kind hat ihn gar nicht bemerkt. Es ist rasend schnell gegangen. »Obwohl ich nicht schnell gefahren bin!« Er muss Eva und Marie voll in der Flanke erwischt haben. »So genau habe ich das nicht mitgekriegt, weil mir der Scheiß-Airbag aus der Lenksäule entgegengeschossen ist.«

Die Kollegen hatten die Vernehmung auf Video aufgenommen. Wolters Stimme überschlug sich vor Selbstmitleid. Er redete und redete und konnte gar nicht mehr aufhören. Guckte in die Videokamera, als ob die ihm die Absolution erteilen würde. Was für ein Arschloch!

»Ich bin ausgestiegen, die Tür hat geklemmt, da hab ich die Panik gekriegt. Ich hatte am Morgen vollgetankt und dachte, Scheiße, wenn der Wagen jetzt auch noch in die Luft fliegt! Und dann hab ich die Frau gesehen. Sie hing mit dem Kopf aus der Windschutzscheibe. Ich hab so was noch nie gesehen, außer im Fernsehen im *7. Sinn*, aber da sieht das anders aus. Furchtbar. Und das Kind. Ich konnte nicht hinsehen, so schlimm war das. Da bin ich weggelaufen.«

Das feige Schwein ist über die Straße in den Park gerannt und hat sich in den Büschen versteckt. Da hat Marie noch gelebt. Wenn er nicht weggelaufen wäre und mit seinem Handy den Rettungswagen gerufen hätte, wären sie rechtzeitig da gewesen. Marie würde noch leben. Vielleicht auch Eva. Vielleicht war sie nicht tot und hätte gerettet werden können.

Und was macht der Kerl? Er ruft seinen Rechtsanwalt an. Seinen Rechtsanwalt! Und fragt ihn, wie er sich verhalten soll, damit sie ihn nicht drankriegen. »Ohne Führerschein kann ich nicht leben! Ich hab schon Punkte in Flensburg!« Er ist schuld an ihrem Tod und denkt nur an seinen Führerschein. Und das Gericht spricht ihn frei. Dasselbe Gericht hat kurz zuvor drei Mörder aus der Untersuchungshaft entlassen. Die drei waren schuldig und hatten ein Geständnis abgelegt. Aber das Gericht hat sie freigelassen, weil die Staatsanwaltschaft es nicht geschafft hat, innerhalb eines halben Jahres die Klageschriften einzureichen. Da war es nach Meinung dieses großartigen Gerichts den drei Mördern nicht zuzumuten, dass sie noch länger in Untersuchungshaft sitzen und auf ihren Prozess warten. Das Hohe Gericht hat drei Mörder freigelassen, um der Staatsanwaltschaft zu zeigen, dass es ihre schlampige Arbeit nicht länger toleriert. Deshalb hat das Gericht ein Exempel statuiert und drei Männer, die ein 18-jähriges Mädchen vergewaltigt, totgeschlagen, in Stücke zersägt und in die Mülltonne geworfen haben, freigelassen. Schade, dass die drei Metzger nicht die Töchter der Richter vergewaltigt, in Stücke gehackt und sie ihnen, in die Titelseiten der Zeitung gewickelt, vor die Haustür gelegt haben.

Die schwülen Sommerabende in meinem Zimmer unterm Dach. Ein Gewitter zieht heran. Die Mauersegler fliegen über mich weg. So dicht, dass ich sie greifen kann. Ich höre ihren Flügelschlag, kräftig wie die Rotoren der Hubschrauber in *Apocalypse Now*. Gleich werden sie Napalm abwerfen, die Stadt wird in Flammen stehen, ich werde von meinem Hochsitz aus alles sehen. Arme Stadt. Arme Stadt? Kein Mitleid mit Sodom und Gomorrha, es gibt keine Unschuldigen mehr. Wenn es Unschuldige gibt, hat Gott sie in Sicherheit gebracht. Die Flammen zucken ein letztes Mal, der Wind ist zu schwach, das Feuer noch einmal zu entfachen. Es wird dunkel. Die Mauersegler schlafen in ihren Nestern, die Tauben gurren in der Dachrinne. Dann verstummen auch sie.

Ich bin der einzige Mensch auf Erden. Der einsame Wächter bewacht die Ruinenstadt. Mein Holzgewehr umklammernd schaue ich aus der Dachluke und suche den Feind. Niemand wagt es, meine Festung anzugreifen, nicht einmal die Armee der Schatten. Sie sind geflohen. Die Flammen haben die vernichtet, die zurückgeblieben sind.

Einmal bin ich während der Wache eingeschlafen. Da war ich acht Jahre alt, da kann das passieren. Am nächsten Morgen waren sie wieder da. Sie hatten die Stadt neu aufgebaut und Gardinen vor die Fenster gehängt. Sie ließen laute Musik laufen, gröhlten und lachten auf den Straßen, als sei nichts geschehen. Ich habe geschworen, nie wieder einzuschlafen.

Die Stille ist verführerisch. Sie lullt einen ein. Ich höre mein Blut rauschen wie einen Strom, den nichts aufhält. Mein Herz klopft mit dumpfen Schlägen. Ich höre King Kong durch den Urwald stampfen. Mit gewaltigen Fäusten donnert er an meine Herzklappen. *Mach auf!* King Kong wird die weiße Frau nicht bekommen, in meinem Herzen ist sie sicher. Es ist eine Frage des Willens, ob man die Angst an sich heranlässt oder ihr widersteht, eine Frage der Fantasie, wer der Stärkere ist. »Alles ist mental«, sagen die Tennisspieler und wissen nicht, wovon sie reden. Was kann schon passieren, wenn man einander Filzbälle um die Ohren schlägt? Wenn einen der Ball mitten ins Gesicht trifft, so hart, dass die Nase blutet, tut das nicht weh. Das ist kein wirklicher Schmerz. Hört das Nasenbluten auf, kann man sich nicht mehr an den Schmerz erinnern. Der schlimmste Schmerz ist wie weggeblasen.

Ich bin nie auf chloroformierten Wattebäuschen durchs Leben geschwebt. Ich habe genug Schläge abgekriegt, gnadenloses Unrecht. Mein Recht habe ich nie bekommen.

Als ich mir mein Recht selber geholt habe, war es auch nicht richtig. Es war nach der Schule, ein eiskalter Wintertag. Alfred, der Sohn des Schlossers, den alle nur Ali nannten, weil er stark und dreist wie vierzig Räuber war, kam mir auf der Prinz-Ferdinand-Straße entgegen. Ich wechselte auf die andere Straßenseite. Ali auch. Ich wollte an ihm vorbei, da riss Ali mir die Mütze vom Kopf. Ich habe nach der Mütze gegriffen. Ali hielt sie am ausgestreckten Arm hoch in die Luft und ließ mich nach ihr springen. Es war eine besondere Mütze, keine von denen, die meine Mutter aus aufgeriffelten Wollresten zusammenstrickte, damit ich irgendwas Warmes auf den Ohren hatte. Die Mütze war ein Weihnachtsgeschenk, maschinengestrickt und in einem teuren Geschäft gekauft. So eine Mütze hatte keiner in der Straße. Ali ließ mich nach ihr springen wie den Hund nach der Wurst. Aus Angst, ohne Mütze nach Hause zu kommen, habe ich zugeschlagen. Ich habe Ali am Auge getroffen. Ali war noch verblüffter als ich, dass ich mich das getraut hatte. Er vergaß die Mütze, ließ sie in den Schneematsch fallen und befühlte sein Auge. Da habe ich das erste Mal geahnt, wie stark ich bin. Ich bückte mich, um meine Mütze aufzuheben, aber Ali war wieder da. Er trat sie in den Dreck und grinste mich an. Ich bin ausgerastet. Habe auf Ali eingeschlagen, bis er blutend am Boden lag.

Ich erinnere mich an jede Kleinigkeit: ein Schrottplatz am Stadtrand, ein heruntergekommener Bauwagen, auf dem Boden ein toter Mann, neben ihm der Trommelrevolver, mit dem er sich in den Mund geschossen hat, Knochensplitter, Hirnmasse und Blutspritzer an der Wand. Wenn man an so vielen Tatorten gewesen ist wie ich, sieht man gleich, was passiert ist.

Keiner der Kollegen merkte, dass ich das Bild veränderte. Ich nahm die Waffe vom Boden und steckte sie in die Tasche. Ich hatte Bereitschaft, deshalb war ich vor der Spurensicherung am Tatort. Weil wir keine Tatwaffe finden konnten, mussten wir von einem Mord ausgehen.

Zu Hause unter der Dusche wusch ich das Blut von der Waffe. In der Trommel steckten noch fünf Kugeln. Ich ließ das Wasser auf mich prasseln. Als Eva mich nicht mehr sehen wollte und ich im *Hotel* wohnte, habe ich mir oft ihre Duschhaube über den Kopf gezogen und mich auf den umgedrehten Abfalleimer gesetzt. Das heiße Wasser trommelte auf meinen Kopf wie ein tropischer Regen. Stundenlang saß ich mit geschlossenen Augen da und hörte Regenmusik. Jeder Regentropfen ein Ton. Einmal, als Eva schwanger war, sind wir auf der Fahrt nach Hause von einem sintflutartigen Regen überrascht worden. Es war auf einem Feldweg in der Hocheifel. Wir konnten trotz Fernlicht und Scheibenwischer nichts sehen, so dicht fiel der Regen. Ausgelassen trommelte er aufs Blech. Wir hielten an und hörten ihm zu. Als wir ausstiegen, waren wir im Nu bis auf die Haut durchnässt. Wir standen mitten in einem Weizenfeld und hielten uns fest umschlungen. Ich drückte mich an Evas schwangeren Bauch und wusste, dass ich nie wieder im Leben so glücklich sein würde.

Wer bei uns als Erster am Tatort ist, übernimmt auch die Ermittlungen. Hagen meinte, für den Anfang wäre der Tote im Bauwagen genau das Richtige für mich. Das Übliche, nichts, was einem an Herz und Nieren geht. Deshalb sollte ich die Mordkommission bilden und die Leitung übernehmen.

Der Tote war ein *Peter Braszik, Deutscher, 52 Jahre alt, geschieden, ein Kind.* Vor sechs Jahren wegen wiederholter Trunkenheit am Steuer endgültig Entzug des Führerscheins, davor Fernfahrer. Vorbestraft wegen diverser Schlägereien. Seit vier Jahren betrieb Braszik den Schrottplatz und maggelte mit Autos.

Die Untersuchungsergebnisse sprachen für einen Selbstmord. Der aufgesetzte Schuss, die Schmauchspuren an Braszik's Hand, keine Anzeichen eines Kampfes. Nichts deutete auf einen Diebstahl hin. Was hätte man hier auch stehlen können? Die abgegriffenen Pornos waren keinen Mord wert. Nur die fehlende Mordwaffe war ein Problem. Jemand hätte einen Mord als Selbstmord tarnen können, aber Braszik war ein starker Mann. Die 1,2 Promille Alkohol in seinem Blut waren für einen Gewohnheitstrinker wie ihn gar nichts, und wir hätten zumindest Spuren eines Kampfes finden müssen. Es sprach alles dafür, dass jemand im Bauwagen gewesen sein muss, nachdem Braszik sich selber die Kugel gegeben hatte. Er hat den Toten daliegen sehen und die Waffe eingesteckt. Allerdings waren da noch die Hunde, die keinen Fremden aufs Gelände ließen und auch nicht wieder runter.

Ich vernahm die Penner, die auf dem Grundstück nebenan hausten. Sie brachten mich auf die richtige Spur: Ein Kumpel von Braszik, Manfred Gavlik, genannt Manni, ein Hüne von zwei Metern mit einer Narbe im Gesicht. Manni und Braszik haben zusammen die Nächte durchgesoffen und sich dabei gestritten, dass die Fetzen flogen. Manchmal ballerten die beiden mit der Pistole auf dem Gelände herum und spielten Krieg. Mit den Hunden hat Manni sich gut verstanden, weil er ihnen Fleisch mitgebracht und sie gefüttert hat. Zwei Schäferhunde und ein Rottweiler. *Ein Biest schärfer als das andere, Herr Kommissar!* Die Penner behaupteten, Manni hätte *nur so zum Spaß* die Hunde auf sie gehetzt. Wenn der Maschenzaun nicht gewesen wäre, hätten die Bestien ihnen die Kehle durchgebissen. Die Penner trauten Manni alles zu. *Der Saukerl!* Nicht dass er schlechter war als Braszik, *aber über Tote nur Gutes!* Die Köter sollte man auf der Stelle erschießen. *Die Tiere können ja nichts dafür. Die sind von Natur aus gut. Dass sie solche bösartigen Bestien sind, dazu hat sie der Mensch gemacht, Herr Kommissar!*

Im Bauwagen lag das Einwickelpapier einer Metzgerei. Der Metzger bestätigte, Manni regelmäßig Knochen und Schlachtabfälle geschenkt zu haben. Ob Manni damit seine Hunde gefüttert oder sich eine Suppe gekocht hat, war dem Metzger egal.

Manni wohnte im Hinterhaus der Metzgerei. Nach zehn Minuten gestand er, dass er nachts in dem Bauwagen gewesen war. Sein Kumpel Braszik hätte auf dem Boden gelegen. »Dem war nicht zu helfen, Herr Kommissar, der war tot.« Manni wollte nicht in die Sache reingezogen werden, deshalb sei er abgehauen. Eine Waffe habe er nicht bemerkt. »Ich hab nur das viele Blut gesehen. Ich hab schon viel im Leben gesehen, Herr Kommissar, aber so was noch nicht.«

Manni bestritt, seinen Kumpel erschossen zu haben. Sicher hätten sie sich ab und zu gestritten. Auch geprügelt, ja, normal. Hinterher gibt man sich zusammen die

Kante, und alles ist vergessen. »Man schlägt sich, man verträgt sich, Herr Kommissar. Sie wissen, wie das ist.« Manni saß da und heulte echte Tränen. Wie einen Bruder hat er Braszik geliebt. Einen Bruder wie Braszik hat er sich immer gewünscht. »Ich hab nie einen Bruder gehabt. Nur eine Schwester, aber eine Schwester ist kein Bruder. Warum soll ich meinen Bruder umbringen?« Manni kriegte sich nicht ein. Wenn man ihm an irgendetwas die Schuld geben konnte, dann daran, dass er nicht verhindert hat, dass Braszik sich die Kugel gegeben und dass er seinen Kumpel nicht ernst genommen hat, wenn der im besoffenen Kopf schwadroniert hat, sich selber die Kugel zu geben. »Hat doch alles keinen Sinn. Am besten, man ist tot. Dann hat man's hinter sich«, war Brasziks Standardspruch. So Sprüche kennt man, jeder ist mal schlecht drauf. Aber jeden Tag derselbe Spruch, das nervt. Irgendwann hatte Manni die Schnauze voll. »Da hab ich zu ihm gesagt, weißt du, was du bist, Braszik? Du bist nur am Reden! Das bist du, nur am Reden! Dann mach doch Schluss! Dann ist Ruhe im Karton! Aber dazu biste zu feige!«

Wir verhafteten Manni. Das Einzige, was uns fehlte, war die Tatwaffe. In Mannis Wohnung fanden wir sie nicht, aber er hätte sie auch versteckt oder weggeworfen haben können.

Eine Woche später kam das Ergebnis der ballistischen Untersuchung des Projektils. Die Tatwaffe war bekannt. Vor sieben Jahren war mit ihr ein Mord begangen worden. Auf einem Rastplatz an der Autobahn bei Hannover war ein schwedischer Fernfahrer erschossen worden. Der Fall konnte nicht aufgeklärt werden.

Wir ermittelten, dass Braszik damals für eine internationale Spedition nach Skandinavien gefahren ist, Transporte von Holz und Möbeln. Manni war mit von der Partie. Er hatte als Kranfahrer auf dem Bau gearbeitet, bis ihm fristlos gekündigt worden war, nachdem er wieder einmal blaugemacht hatte. Manni war das recht, er hatte sowieso die Schnauze vom Kranfahren voll und wollte nicht mehr die Leiter zu seiner Kabine hochklettern, mit zitternden Händen und Beinen weich wie Pudding und mit der Angst in der Hose abzustürzen. Braszik nahm Manni als Beifahrer mit, so hatte er Gesellschaft. »Keine Liebe unter Männern, Herr Kommissar«, beteuerte Manni. »Ich bin kein warmer Bruder, ich schwöre!« Er und Braszik hätten sich einfach gut verstanden.

Manni gab zu Protokoll, dass Braszik sich auf der Fähre von Trelleborg nach Travemünde mit einem schwedischen Fernfahrer gestritten hat. Es ist um Geld gegangen. Der Schwede hat Braszik beim Kartenspielen während der nächtlichen Überfahrt beschissen. Zufällig sind sie sich auf dem Rastplatz wieder begegnet. Da hat es gekracht. »Ich war beim Pinkeln, da habe ich den Schuss gehört. Als ich zurückgekommen bin, lag der Schwede tot am Boden. Da war die Sache schon gelaufen.«

Manni schob alles auf Braszik. Tote können sich nicht wehren, und Beweise gab es keine. Aber wir hatten genug gegen Manni in der Hand, um ihn in Untersuchungshaft zu nehmen.

»Gute Arbeit, Georg!« Hagen war zufrieden.

»Ohne die Tatwaffe können wir ihm nichts beweisen«, meldete ich Bedenken an.

Hagen winkte ab. »Keine Angst, Gavlik ist ein Weichei. Die Sorte hält nicht lange durch. Der packt schon aus.«

Der Mensch hat je nach Körpervolumen vier bis sechs Liter Blut. Ich habe mich oft gewundert, welch ergiebiger Farbstoff Blut ist. Als Marie einmal eine Milchflasche fallen gelassen hat und die Milch sich über den Küchenboden ergoss, habe ich sie geohrfeigt. Sie hat mich ungläubig angeschaut. Marie ist in ihrem Leben noch nie geschlagen worden. Ich hatte geschworen, dass sie nie jemand schlagen würde, und gerade ich, ihr Vater, raste aus, weil sie eine Milchflasche fallen lässt. Mir steigen die Tränen in die Augen, wenn ich daran denke. Ich wollte Marie trösten, aber als ich ihr mit der Hand über den Kopf streichen wollte, ist sie weggelaufen. »Es tut mir leid, Marie! Verzeih mir«, habe ich geschrien. Sie ist in ihr Zimmer gelaufen und dabei auch noch in eine Glasscherbe getreten.

Im Krankenhaus hat der Arzt Marie gefragt, wie das passiert sei. Marie hat kein Wort gesagt. Zitternd saß sie auf dem Behandlungsstuhl in der Ambulanz und biss die Zähne zusammen. Ich habe dem Arzt erzählt, dass Marie die Milchflasche fallen gelassen hat und in die Scherben getreten ist. Wie oft hätte ich ihr gesagt, sie solle nicht barfuß rumlaufen. Mein Gott, Kind, warum kannst du nicht hören? An den Kühlschrank gehen und sich eine

Flasche Milch rausnehmen ist für ein kleines Mädchen viel zu gefährlich. Marie hat mich nur angesehen, sie hat mich nicht verraten. Seit dieser Ohrfeige hat sie eine Scheu vor mir. Für andere ist sie nicht spürbar, aber sie ist da, sogar in den unbeschwertesten Momenten. Ich bilde mir das nicht ein, ich weiß, dass mit dieser verdammten Ohrfeige unwiderruflich etwas kaputtgegangen ist.

Auge um Auge, Blut um Blut. Bei Rot über die Ampel zu fahren ist kein Grund, totgefahren zu werden. *Rotgänger – Totgänger! Grüngänger – leben länger!* Es geht nicht um Rache, es geht um Gerechtigkeit. Ich bin immer bei Rot an der Ampel stehen geblieben, um Marie und allen Kindern dieser Welt ein gutes Beispiel zu geben. Nachts, wenn ich betrunken nach Hause gekommen bin, habe ich mich an jeder roten Ampel umgesehen, ob nicht ein Kind in der Nähe war und mein schlechtes Beispiel sehen konnte. Das ist zu einem Reflex geworden, ich kann nicht anders. Ich wache über die Hilflosen und beschütze sie. Denen, deren Leben keinen Sinn hat, gebe ich einen Sinn. Ich mahne die Menschen, einander zu achten. *Respekt!* Ich wache darüber, dass sie die Gesetze einhalten. Das ist mehr als mein Beruf, das ist meine Berufung.

Ich weiß nicht, ob mir das wirklich durch den Kopf ging, während ich Dominik Wolter betrachtete. Oder ob ich nur versuchte, meinen Gedanken eine Ordnung zu geben. Der Mensch braucht das, er würde sonst durchdrehen. Ich hatte nicht bemerkt, dass das Projektil, nachdem es durch Wolters Kopf geschossen war, auch noch die

Glasscheibe des Aquariums durchschlagen hatte und sein Blut sich mit dem auslaufenden Wasser vermischte.

Habe ich Wolter wirklich töten wollen? Ich glaube schon. Warum hätte ich sonst die Waffe eingesteckt und die alten Sachen angezogen? Warum hätte ich den Moment abgepasst, als Wolters Mutter für eine Woche zu ihrer Tochter gereist war, um ihr Enkelkind zu betreuen?

Als Wolter die Haustür öffnete, hat er mich nicht erkannt.

»Ich bin der Mann, dessen Frau und Tochter Sie getötet haben.« Er hätte die Chance gehabt, die Tür zuzuschlagen und die Polizei zu rufen. Er stand nur da und hatte Angst. Zitterte und schwitzte. Ihm stiegen sogar Tränen in die Augen.

»Ich habe das nicht gewollt, ehrlich nicht«, flennte er und ließ mich in die Wohnung. Er saß in seinem Sessel und trank Whisky. Redete und redete. Ich hörte ihm zu, betrachtete die Fische im Aquarium, Skalare, Schwertträger, Neons und Guppies. Manchmal schwammen sie aus seinen Ohren. Wolter hatte das Aquarium lange nicht sauber gemacht, an den Scheiben klebte ein grünlicher Algenschleier. Er trank und jammerte. Wie nahe ihm die Angelegenheit gehe und wie oft ihm der Unfall durch den Kopf gehe. Immer noch. *Diese schrecklichen Bilder!* Manchmal würden die Frau und das Mädchen auf seiner Bettkante sitzen, voller Blut, und er würde schreiend aufwachen. Das sei jetzt besser geworden. Die erste Zeit, als die beiden noch nicht begraben waren, seien sie jede Nacht gekommen. Irgendwann muss man doch einen Schlussstrich ziehen. Es muss doch weitergehen! Man muss doch vergessen, was geschehen ist! Wolter hat mich angesehen. »Glauben Sie mir, ich habe dieselben Probleme gehabt wie Sie, als meine Frau mich verlassen hat. Und bei aller Liebe, man kann nicht ewig trauern. Damit machen Sie sich nur selber kaputt.«

Wolter hatte sich Mut angetrunken. Seine Angst war wie weggeblasen. Endlich platzte es aus ihm heraus: »Ihre Frau war doch selber schuld. Ich meine, sie ist bei Rot über die Ampel gefahren, das steht fest. Wenn ich ein Kind im Auto habe, fahre ich doch nicht bei Rot über die Ampel, da fahre ich doch besonders vorsichtig.« Er redete sich in Rage. Ob ich überhaupt wüsste, dass er sich im Gebüsch die Kopfhaut an einem Ast aufgerissen hätte? Er hätte geblutet wie ein Schwein und nichts sehen können, weil ihm das Blut in die Augen gelaufen sei. Die Ärztin hätte die Wunde mit siebzehn Stichen genäht. Siebzehn Stiche, ohne Betäubung! »Da haben Sie riesiges Glück gehabt, Herr Wolter«, hätte die Ärztin zu ihm gesagt. »Das hätte auch ins Auge gehen können.«

Dieser Mund. Der Schmutz, der aus diesem Mund sprühte. Ich habe die Waffe aus der Manteltasche gezogen und in den Mund geschossen.

In einem abgelegenen Waldstück habe ich ein Feuer gemacht und mich ausgezogen. Während die Sachen verbrannten, tanzte ich um die Flammen. Die Indianer verbrennen ihre Toten mitten im Dorf auf dem Scheiterhaufen. Sie glauben, dass der Rauch und die Funken die Seelen der Toten mit auf ihre Reise in den Himmel nehmen.

Ich liebe den Tod mehr als das Leben. Nicht nur, weil der Tod mein Beruf ist. Das Leben kenne ich, alles schon mal da gewesen. Der Tod ist anders, ein spannendes, kribbelndes Erlebnis. Von wegen ewige Ruhe und ewiger Schlaf in ewiger Langeweile. Nichts bleibt, wie es ist, alles ändert sich, chaotischer Zerfall. Platzende Zellen, die Nerven graben sich wie Kartoffelkeime durch den Sarg in die Erde. Käfer bauen schmatzend die linke Herzkammer zum Wohnzimmer um. Die Adern verrotten wie Autobahnen im Dschungel des Amazonasbecken, verstopft mit geronnenem Blut. Würmer spiegeln sich in glatt geküssten Knochen, die Motten im Leichenhemd warten auf Licht, um zu sehen, wie es weitergeht. Im Blindflug stoßen sie an die Sargwand und brechen sich die ermatteten Flügel. Augäpfel schwimmen in melancholischer Glückseligkeit, bis sie bersten und die letzten Tropfen im Totenkissen trocknen. Die Augenhöhlen sind leer, die Furchen des Hirns aufgelöst und in matschiger Verwesung, keine Berge, keine Täler. Später knochentrockene Wüste. Ein warmer Sommerregen streichelt sanft das Gebein und weckt Erinnerungen für ein letztes ahnendes Lächeln.

Eine Woche später kehrte Dominik Wolters Mutter nach Hause zurück und fand die Leiche ihres Sohnes. Als der Rettungswagen mit dem Notarzt eintraf, wrang sie den Putzlappen mit dem Blut ihres Sohnes in den Eimer aus. Es war Zufall, dass ich Bereitschaft hatte und gerufen wurde. Die Frau tat mir leid. Ich fühlte mich an den Tod meines Vaters erinnert. Als ich nach Hause kam, versuchte meine Mutter, mit Verdünnung einen Flecken auf dem Teppichboden im Wohnzimmer zu entfernen. Sie trug ihre rosa Gummihandschuhe und rutschte auf den Knien herum. Es war die Stelle, an der mein Vater gestorben war. Hier hatte er in seinem Schlafanzug gelegen. Der Fleck wollte nicht verschwinden. Im Gegenteil, er wurde größer, je länger meine Mutter an ihm rieb.

Mein Vater steht wie jeden Morgen früh auf und setzt das Kaffeewasser auf. Bis es so weit ist, stellt er sich ans Fenster und schaut auf die Straße. Menschen fahren zur Arbeit, Kinder gehen zur Schule. Der Schmerz kommt. Mein Vater fällt und reißt dabei die blaue Glasschale vom Tisch, die er seiner Frau zu Weihnachten geschenkt hat.

»Herzinfarkt«, sagt der Arzt meiner Mutter. »Einen kleinen Trost haben Sie: So hat Ihr Mann wenigstens einen schnellen Tod gehabt. Da hat er nicht viel leiden müssen.«

Die Schale bleibt bis auf einen kleinen Sprung heil. Meine Mutter hat sie in den Müll geworfen. Sie hat das Ding nie gemocht und will nicht jedes Mal, wenn sie es sieht, an ihren toten Mann erinnert werden.

Ich stelle mir vor, dass die Schale das Letzte war, was mein Vater gesehen hat. In ihrem blauen Glas bricht sich ein Strahl der aufgehenden Morgensonne. Das ist natürlich Unsinn. Es war Winter und noch dunkel. So früh am Morgen war kein Kind auf dem Weg zur Schule. Vielleicht hat mein Vater ja noch eine Weile gelebt und um Hilfe gerufen. Vielleicht blieb er wie in seinem ganzen Leben auch am Ende stumm und bescheiden und wollte keinen stören. *Wegen mir bloß keine Umstände.* Vielleicht hat Koko, der Nymphensittich, in seinem Käfig auf dem

Wohnzimmerschrank aufgeregt mit den Flügeln geschlagen und Vogelsand auf ihn gestreut.

Als ich nach Hause kam, lag mein Vater schon fünf Tage in der Leichenhalle. So lange hat es gedauert, bis mich die Nachricht von seinem Tod erreicht hat. Ich wollte ihn vor der Beerdigung unbedingt noch einmal sehen. Der Bestatter sagte mir, dass ich dazu eine Genehmigung vom Gesundheitsamt bräuchte.

Der Beamte vom Gesundheitsamt musterte mich. »Ihr Vater sieht nicht gut aus, der ist schon über eine Woche tot.«

»Sechs Tage«, korrigierte ich ihn.

Gereizt schaute er in seine Unterlagen. »Das macht keinen Unterschied. Auf alle Fälle riecht er schon.«

»Er ist mein Vater. Ich will ihn sehen.«

»Sicher, das glaube ich Ihnen ja. Hinterher, wenn Sie seinen Anblick nicht verkraften, bin ich schuld.«

»Ich weiß, wie das ist.«

»Das sagen alle und beschweren sich, dass ich sie nicht gewarnt habe. Woran ist er denn gestorben?«

»Am Herzschlag.«

»Sehen Sie, damit fängt es schon an! Am Herzschlag stirbt man nicht, damit lebt man. Man stirbt, wenn das Herz nicht mehr schlägt, also an Herzversagen.«

»Hören Sie, ich bin bei der Polizei. Mordkommission. Ich habe bestimmt mehr Tote gerochen als Sie.«

»Wenn man selber betroffen ist, sieht das anders aus.«

Widerwillig unterschrieb er die Genehmigung und stempelte sie ab.

»Mach ihn weg«, hat meine Mutter gesagt. »Der kann nicht mal mehr fliegen! Der macht nur noch Dreck!«

»Was heißt weg«, habe ich sie gefragt.

»Mein Gott, nun frag doch nicht so! Weg heißt weg! Ich bin nur noch am Saubermachen! Überall fliegt der Sand von dem Vogel rum.«

»Soll ich Koko den Hals umdrehen?«

»Davon habe ich nichts gesagt!«

»Was meinst du denn mit weg?«

»Das ist doch kein Leben! Der Vogel ist zehn Jahre alt. Das ist, wie wenn ein Mensch hundert wäre. Mach ihn weg! Er kann sich nicht mal mehr auf der Stange halten. Der Vogel wäre schon lange weg, wenn dein Vater nicht dagegen gewesen wäre. Aber der musste ja nicht den Dreck wegmachen.«

»Dann mache ich ihn weg. Auf deine Verantwortung.«

»Warte, bis ich weg bin«, hat meine Mutter gesagt. Schnell hat sie ihre Schuhe und den Mantel angezogen und ist einkaufen gegangen. Ich habe ihre rosa Gummihandschuhe übergezogen, Koko den Kopf abgerissen, den toten Vogel in eine Zeitung gewickelt und in die Mülltonne geworfen. Abends, während sie das Wohnzimmer sauber machte, hat meine Mutter geheult. Das hätte sie nicht gewollt. So nicht. Als ich sah, wie sie Kokos verlorene Federn und den Vogelsand, den er mit seinen Flügeln bis unter die Couch geschlagen hatte, wegsaugte, taten sie und mein Vater mir leid.

In der Leichenhalle führten mich zwei Friedhofsarbeiter in einen Abstellraum. Auf dem Boden, zwischen Schaufeln, Harken, Besen, Wasserschläuchen und Schubkarren, standen drei Särge.

»Im Moment sind wir überbelegt«, sagte der eine Friedhofsarbeiter. Sie schraubten einen Sargdeckel ab, hoben ihn an und ließen mich in den Sarg sehen.

»Mein Vater ist am Herzschlag gestorben, nicht an einem Kopfschuss.«

Die beiden sahen in den Sarg. »Dann ist er das nicht«, sagte der eine. Der andere nickte zustimmend. Sie schlossen den Sarg und öffneten den nächsten.

»Ist er das?«

Ich schaute hinein und nickte.

»Na, dann ist ja gut«, meinten die beiden erleichtert. »Bei uns kommt keiner weg.«

Da lag er, mein Vater. Er sah friedlich aus. Vielleicht war der Tod doch so schnell gekommen, dass er keinen Schmerz gespürt hat. Ach Papa, ich hätte dir noch so viel zu sagen gehabt. Jetzt ist es zu spät. Ich stand an seinem Sarg und habe geheult. Dann habe ich mich besoffen und bin fast zu spät zur Beerdigung gekommen.

»Chef, ich bin am Tatort. Wir haben ein Problem.«

»Wieso?«

»Der Tote mit dem Loch im Kopf ist Dominik Wolter.«

»Wo ist das Problem«, fragte Hagen.

»Das Problem ist, dass Wolter der Mann ist, der meine Frau und mein Kind totgefahren hat.«

Hagen schwieg. Ich hörte die Gedanken in seinem Kopf rattern. Er atmete tief durch.

»Scheiße.«

»Ja«, stimmte ich ihm zu.

»Fass nichts an! Hörst du, Georg? Fass bloß nichts an! Komm sofort zu mir ins Büro!«

Wir saßen uns gegenüber.

»Lass uns nicht lange um den heißen Brei reden, Georg. Dir ist klar, dass du als Täter infrage kommst.«

»Ja.«

»Warst du es?«

»Chef, bei allem Respekt: Bin ich ein Mörder?«

»Genau das frage ich dich!«

Hagen war gereizt. Ich hatte es nicht nötig, zu lügen. Zum Mord gehören die niedrigen Beweggründe, und die hatte ich nicht.

»Bei meiner Ehre, Hagen, und so wahr mir Gott helfe: Ich bin kein Mörder!«

Hagen zögerte, dann rang er sich durch. »Tut mir leid, Georg. Es ist besser, wenn du den Fall nicht bearbeitest.«

Am Anfang ist der Traum. Ich träume davon, Gutes zu tun, den Zeigefinger zu krümmen und das Böse auszuknipsen wie das Licht auf der Geisterbahn. In seinen Träumen tut das jeder, ob mit dem Holzgewehr aus dem Dachfenster oder mit dem Kleinkalibergewehr vom Parkhausdeck des Kaufhauses. Ich bin ruhig und besonnen, kein Amokläufer, der wild um sich schießt. Wenn ich auftauche, verstummen die Gespräche. Ich kann mir denken, was in den Köpfen der Kollegen vorgeht und worüber sie miteinander flüstern. Sie sind froh, wenn ich gehe und sie sich nicht mehr verstellen müssen.

Wolfi passte mich auf dem Flur ab. Er druckste herum, es war ihm peinlich, mich nach meinem Alibi zu befragen.

Ich mochte Wolfi. Er lernte schnell, war neugierig und voller Elan. Als er in unsere Abteilung versetzt wurde, hat Hagen ihn mir ans Herz gelegt. »Nimm ihn unter deine Fittiche, Georg. Der Junge kann ein Guter werden.«

Wolfi gehörte zu den Guten und wollte die Welt vor den Bösen retten – und wenn schon nicht die ganze Welt, dann zumindest einen kleinen Teil. »Wenn ich nicht an Gerechtigkeit glauben würde, welchen Sinn hätte der ganze Scheiß?«

Als Wolfi und seine Frau ihr erstes Kind bekamen, haben Eva und ich ihnen Maries Kinderbett geschenkt. Marie war dem Bettchen entwachsen, sodass es im Keller verstaubte. Trotzdem konnten wir uns nur schwer von ihm trennen. Eva hatte es während ihrer Schwangerschaft mit Schmetterlingen bemalt, die über eine Blumenwiese flatterten. Es war etwas Besonderes, eben typisch Eva.

»Georg, es geht um die Leichensache Wolter. Da sind noch ein paar Fragen offen, nur für die Akten.«

»He, Wolfi! Das ist der Job! Du machst deine Arbeit, ich mache meine. Kein Problem!«

»Ich bin froh, Georg, dass du das so siehst.«

»Nun frag schon!«

»Also, wo warst du am Wochenende?«

»Ich hatte Bereitschaft.«

»Weiß ich, Georg. Was hast du da gemacht?«

»Ich war zu Hause.«

»War jemand bei dir?«

»Ich war alleine. Ich bin immer alleine, seit meine Frau und meine Tochter auf dem Friedhof liegen.«

»Entschuldige, Georg. Ich muss dich das fragen.«

»Ich war auf dem Friedhof und habe die beiden besucht. Ich bin jedes Wochenende da. Ein Friedhof beruhigt die Nerven. Wolfi, du hast das nicht nötig, deine Nerven sind in Ordnung. Wie geht es deiner Frau und eurem Kleinen?«

»Bitte, Georg, ich versuche nur, meine Arbeit zu machen.«

»He, das war ein Scherz! Nur ein Scherz, Wolfi. Okay?«

»Okay.«

»Na, dann ist doch alles gut.« Ich zeigte auf die Akte, die Wolfi unter seinen Arm geklemmt hatte. »Kann ich dir helfen?«

Wolfi druckste herum. »Der Chef sagt, dass wir dich in dem Fall außen vor lassen sollen. Er meint, es ist besser für dich.«

»Alte Wunden könnten aufreißen und so, ja?«

Wolfi zuckte hilflos mit den Achseln.

Wolfi und Stephan bildeten die Mordkommission. Sie hatten schnell ermittelt, dass der Fundort der Leiche auch der Tatort war. Doch schon mit der Festlegung der genauen Todeszeit hatten sie Probleme. Wolters Leiche war stark verwest, weil im Wohnzimmer die Heizung hochgedreht war. Nach Meinung des Pathologen konnte der Tod vor sieben bis neun Tagen eingetreten sein. Vor neun Tagen war Freitag. Wolters Mutter hatte noch mit ihrem Sohn gefrühstückt, bevor sie zu ihrer Tochter gefahren war. In der Firma erinnerte man sich, dass Wolter wie immer seine Arbeit erledigt hatte. Niemandem war etwas Außergewöhnliches aufgefallen. Am Montag nach dem Wochenende ist Wolter nicht zur Arbeit erschienen. Auch das war normal, er konnte sich seine Arbeit nach eigenem Ermessen einteilen. In der Firma ist man davon ausgegangen, dass Wolter Außentermine wahrgenommen hat. Dafür musste er sich nicht abmelden, über Handy war er jederzeit erreichbar. Auch am Dienstag ist Wolter nicht ins Büro gekommen. Die Sekretärin hat versucht, ihn telefonisch zu erreichen, und ihm eine Nachricht auf die Mailbox gesprochen, aber er hat sich nicht gemeldet.

Der Donnerstag war ein Feiertag, und als sich Wolter am Freitag noch immer nicht gemeldet hat, hat die Firma geglaubt, dass er sich ein verlängertes Wochenende genommen hat. Und am Montag hat ihn seine Mutter tot aufgefunden.

Ich bekam die Fälle, bei denen man allein arbeiten kann. Fälle, bei denen der Arzt auf dem Totenschein *unbekannte Todesursache* ankreuzt. Wie bei der 85-jährigen Witwe, die tot im Schlafzimmer aufgefunden wird. Der Hausarzt ist in Urlaub, der Notarzt kennt die Frau nicht. Es sieht nach einem normalen Tod aus, in dem Alter steht der Frau das zu. Lächelnd liegt sie in ihrem Bett, so möchte man auch sterben. Der Notarzt geht trotzdem auf Nummer sicher. Um auszuschließen, dass die Frau umgebracht worden ist, kreuzt er auf dem Formular routinemäßig seine Zweifel an. Ich sehe mir die Frau an, durchsuche die Kommode und den Schlafzimmerschrank, finde alte Fotos, ein Sparbuch, ein bisschen Geld. Rede mit den Nachbarn, verständige die Angehörigen, wenn es noch welche gibt, und gebe die Leiche zur Beerdigung frei.

Ein Mann ist auf dem Weg zur Sparkasse auf der Straße zusammengebrochen und mit Blaulicht ins Krankenhaus gefahren worden. Unterwegs ist er gestorben. Jetzt liegt er in der Kühlbox im Keller. Der Arzt weiß, dass der Mann nicht durch Fremdverschulden ums Leben gekommen ist. Häufiges ist häufig, wahrscheinlich war es ein Herzinfarkt. Trotzdem kreuzt er auf dem Totenschein *Todesursache unbekannt* an. Ich komme, ziehe den Mann aus der Kühlbox, untersuche ihn, finde keinerlei Zeichen von

Gewaltanwendung, spreche mit den Angehörigen und gebe die Leiche frei. Meinem Vater wäre es genauso gegangen, wenn er nicht auf dem Teppich im Wohnzimmer gestorben wäre, sondern auf dem Weg zur Post, wo er seine Rente abholen wollte.

Oder ich komme zu einer Frau, die sich mit der Wäscheleine an der Türklinke aufgehängt hat, weil sie zu schwach war, auf den Tisch zu steigen und den Strick an der Lampenhalterung festzubinden.

Bei der morgendlichen Frühbesprechung platzte die Bombe. Wolfi trug das Untersuchungsergebnis der Ballistiker in der Leichensache Dominik Wolter vor. Das Projektil, mit dem Wolter erschossen worden war, stammte aus derselben Waffe wie das Geschoss im Fall Braszik. In dem Moment änderte sich alles. Jedem war klar, dass ich die Gelegenheit gehabt hatte, die Tatwaffe aus Brasziks Bauwagen verschwinden zu lassen. Ausgerechnet ich, der wie ein tollwütiger Hund ausgerastet war, als er die Leichen seiner Frau und seines Kindes ansehen musste. Leichen, die Wolter auf dem Gewissen hatte. Ich spürte ihre Blicke. Hagen sagte knapp: »Georg, du gehst in dein Büro. Wenn wir hier fertig sind, rufe ich dich.«

Eine Stunde später war ich vom Dienst suspendiert und konnte zusehen, wie die Kollegen mein Haus durchsuchten.

Wenn man einen Schuldigen hat, ist alles einfach. Man darf nur nicht nachdenken, mit dem Denken kommen die Zweifel. Es ist wie mit der Perlenkette, die ich Eva zu

Maries erstem Geburtstag geschenkt hatte. Eine Perle schien wie die andere, sie waren nicht zu unterscheiden. Erst als Eva in einem ihrer Anfälle die Kette zerriss und mir die Perlen vor die Füße warf, wurden sie unterscheidbar. Da war die Perle, die unters Bett gerollt war, sie hatte eine gesprenkelte Stelle, die unterm Heizkörper hatte einen stumpfen Fleck, eine andere hatte ein unsauber gebohrtes Loch, die da trübte eine eingeschlossene Luftblase. Ich hätte jeder Perle einen Namen geben können. Als der Juwelier sie wieder aufgezogen hatte und sie in Reih und Glied am Faden hingen, erkannte ich jede einzelne wieder. Mit den Menschen ist es genauso. Hol sie aus der Masse, und du siehst ihre Macken und Eigenheiten.

Bei der Hausdurchsuchung fanden sie eine Perle, die ich übersehen hatte. Sie war unter den Küchenschrank gerollt und hatte einen winzigen Riss wie ein Angelhaken.

Hagen hatte die Hausdurchsuchung angeordnet, um klare Verhältnisse zu schaffen. Er wollte sich nicht vorwerfen lassen, dass er nicht alles unternommen hätte, um den Mord an Wolter aufzuklären. Die Presse sollte nicht rumtönen, die Polizei würde eine Spur nur deshalb nicht verfolgen, weil sie zu einem Kollegen führte.

»Aber wir haben einen Verdächtigen, Hagen. Du erinnerst dich? Manfred Gavlik, dieses Weichei, das früher oder später auspacken wird. Hagen, das waren deine Worte.«

»Welchen Grund sollte Gavlik gehabt haben, Wolter umzubringen? Nenne mir *einen* Grund.«

»Woher soll ich das wissen? Du weißt, dass ich nicht die Ermittlungen führe. Du selber hast mir den Fall entzogen.«

Hagen kannte mich. Er wusste, dass ich es gewesen war. Natürlich rechnete er nicht damit, bei der Durchsuchung einen Beweis zu finden. Meine Schuhe, mit denen ich durch Wolters Blut getrampelt bin, oder die Tatwaffe mit meinen Fingerabdrücken. Hagen ist nicht blöd, aber ich bin es auch nicht.

Im Kleiderschrank habe ich die Papierrose gefunden, die ich auf der Herbstkirmes geschossen habe. Ein Schuss hat gereicht. Eva hat sie sich ins Haar gesteckt, und wir sind Hand in Hand über den Kirmesplatz gelaufen. Eva und ich, wir waren ein Liebespaar aus dem Poesiealbum, so rein, dass ich mich nicht getraut habe, sie zu küssen.

Jahre später, als ich Marie einen Teddybären schießen wollte, habe ich fünf Schüsse gebraucht. Bei der Polizei kommt das Schusstraining zu kurz, trotzdem habe ich mich geärgert.

Marie war glücklich. Ohne den Bären in ihren Armen schlief sie nicht ein, so sehr liebte sie ihn. Als Maxi, ihr Kaninchen, starb, bettete sie es in eine Pappschachtel. Vor sein Maul legte sie frisches Möhrenkraut und Trockenfutter. Damit Maxi nicht allein in der dunklen Schachtel war, gab sie ihm ihren Teddy mit. Wir haben Maxi im Wald begraben.

Abends konnte Marie nicht einschlafen. Ich sollte mit ihr in den Wald, das tote Kaninchen ausgraben. Sie wollte es noch einmal sehen.

»Marie, das geht nicht«, habe ich gesagt.

»Warum nicht«, hat sie mit Tränen in den Augen gefragt.

»Maxi ist tot. Maxi schläft und braucht Ruhe. Da wollen wir ihn doch nicht stören, oder?«

»Ich hasse dich«, schrie Marie. »Ich wollte, *du* wärst tot und nicht Maxi!«

Als ich sie in den Arm nehmen wollte, stieß sie mich weg.

»Nimm wenigstens dein Kuscheltier.« Ich habe ihr das Wollschaf gegeben. Sie hat es aus dem Bett geworfen.

»Lass mich in Ruhe!«

Es hat lange gedauert, bis Marie sich in den Schlaf geweint hatte.

Manfred Gavlik, den alle Manni nannten, lag in einem Gitterbett der geschlossenen Abteilung der Psychiatrie. Im Entzugsdelir stieg er die endlose Leiter zur Führerkabine des Baukrans hoch, ohne Pause, ohne Rast. Mannis Hände schwitzten vor Angst, seine Puddingbeine wackelten auf den rutschigen Stufentritten. Trotzdem konnte Manni nicht aufhören. Eine höhere Macht oder sein durchgeknalltes Hirn – wo ist da der Unterschied? – zwang ihn auf die Leiter. Wenn die Pfleger Manni nicht an Händen und Füßen und zusätzlich mit einem Ledergurt um die Brust ans Gitterbett fixiert hätten, sein Körper wäre ausgerastet. Spinnen und Schlangen, Käfer und Würmer, Ratten und Kellerasseln krochen auf der Bettdecke herum, Fledermäuse schlugen mit ihren Flügeln in sein Gesicht. Nacktschnecken zogen ihre schleimige Spur auf seiner Brust.

Manni hing am Tropf. Die Ärzte dämpften sein flimmerndes Herz und beruhigten seine erregten Nerven. Als die vier Totengräber in schwarzen Anzügen zu ihm kamen, sah Manni staunend zu, wie sie ihn aus dem Bett hoben und in den Sarg legten. Sein Kopf ruhte auf einem seidenen Kissen. Warum bekommt man so was Schönes nicht zu Lebzeiten, wunderte Manni sich. Zwei kahlköpfige

Geier schwangen sich vom Infusionsständer hoch und flogen durchs Fenster davon. Die Totengräber schlossen den Sarg. Endlich Ruhe, Erlösung, tröstende Dunkelheit, kein grelles Neonlicht, das die geweiteten Pupillen ausbrennt. Träume von einer schwarzen Weihnacht, Erdklumpen rieseln in den eingebrochenen Sarg, Staub zu Staub und Asche zu Asche.

Manni schwor, nie mehr zu trinken. In der geschlossenen Abteilung der Psychiatrie kannten sie seine Schwüre und glaubten ihm kein Wort. Der Richter lehnte eine Zwangsunterbringung ab. Man kann niemand zu einer Therapie zwingen. Den Klinikärzten war das egal. Von ihnen war keiner daran interessiert, einen labilen Penner zu behandeln. Manni war ein hoffnungsloser Fall, noch ein, zwei Delirien, und sein lallendes Schrumpfhirn würde in der Präparatesammlung des Anatomischen Instituts in Alkohol schwimmen. So wurde er auf eigene Verantwortung entlassen, ohne dass ich ihn vernommen hatte.

Ich musste fünf Minuten an die Tür klopfen, bevor Manni aufmachte und mich in seine Wohnung ließ. Er war mit Jogginghose und Unterhemd bekleidet. Es war dunkel, Manni hatte die Vorhänge zugezogen. Die Luft stank nach Bier und Zigaretten, Ammoniak stach in die Nase. Auf dem Boden lagen zerbrochene Flaschen, und an Mannis Füßen klebte verkrustetes Blut, er war wohl in die Glasscherben getreten.

»Manni, wie siehst du denn aus? Guck dich mal an. Das ist doch kein Leben hier, das ist ein Schweinestall. Da hast du es in der Geschlossenen aber besser gehabt!«

»Die haben mich rausgeschmissen, Herr Kommissar.«

»Ich weiß, Manni, ich habe mit dem Doktor gesprochen.«

»Mit mir hat der nie geredet.«

»Manni, du musst mal unter Menschen! Immer allein und nur saufen, saufen, saufen, das kann's doch nicht sein.«

»Morgen ist Schluss, Herr Kommissar. Morgen räume ich auf. Heute geht's mir nicht so gut.«

»Verstehe, Manni. Jeder hat mal einen schlechten Tag.«

»Ich hab nur schlechte Tage, Herr Kommissar. So lange ich denken kann.«

»Ein paar schöne werden schon dabei gewesen sein.«

»Gestern hab ich Geburtstag gehabt.«

»He Manni! Das ist doch was, Glückwunsch!«

»Danke.« Manni nickte und starrte vor sich hin. »Das interessiert doch keine Sau.«

»Stimmt, Manni«, gab ich ihm recht. »Warum auch? Guck dich im Spiegel an.«

Manni wusste, wie er aussah. Er suchte in den Flaschen auf dem Tisch nach einem Rest, um sich schönzutrinken.

»Morgen bring ich die Flaschen weg. Und vom Pfand gönn ich mir ein anständiges Essen in einem richtig guten Restaurant.«

»Die alten Witze sind die besten, Manni«, sagte ich und deutete ihm zuliebe ein Lachen an.

Mannis Hände flogen über den Tisch und stießen eine Flasche um, in der noch ein Rest war. Der Schnaps floss über Tabakkrümel, Zigarettenkippen, Essensreste, Mahnungen und Schreiben vom Sozialamt. Manni war am Ende. »Ich kann nicht mehr, Herr Kommissar, ich halt die Scheiße nicht mehr aus«, schrie er und heulte Rotz und Wasser. Ich gab ihm ein Tempo.

»Danke, Herr Kommissar.« Er schneuzte sich die Nase. »Ehrlich, ich habe Braszik nicht umgebracht. Er war mein Kumpel! Der einzige, den ich hatte.«

»Weiß ich doch, Manni.«

Er sah mich verwundert an. »Aber warum sind Sie dann hier?«

»Weil ich dir helfen will.«

»Sie mir?«

»Manni, ich bin dein Schutzengel.«

Jeder Mensch braucht jemanden, den er beschützen kann, und sei es nur ein Haustier. Eine Katze, einen Hund, ein Kaninchen, eine Maus. Manche haben eine Schlange im Bett oder ein Krokodil in der Badewanne. Notfalls reicht ein Spatz in der Hand. Ich habe das nicht gebraucht. Ich hatte eine Familie, und ich habe sie nicht beschützen können. Ich hatte eine wunderbare Frau und eine wunderbare Tochter. Ich war ihr Schutzengel, und ich war nicht da, als sie mich gebraucht haben.

Ich nahm die Flasche Weinbrand, die ich mitgebracht hatte, aus der Jackentasche und stellte sie auf den Tisch. Manni sah die Flasche an, dann mich. Er zögerte.

»Soll ich Gläser holen?«

»Wie du willst. Die ist nur für dich. Ein Geburtstagsgeschenk.«

»Sie sind ein guter Mensch, Herr Kommissar, ehrlich«, plapperte er. Sosehr seine Finger zitterten, so energisch packten sie die Flasche beim Hals und drehten ihr den

Verschluss ab. »Wissen Sie, dass Sie der Einzige sind, der an mich gedacht hat? Sie wollen wirklich nicht, Herr Kommissar? Nur einen Kleinen zum Anstoßen?«

»Nein danke.«

»Verstehe«, nickte Manni. »Dienst ist Dienst.« Er nahm ein Glas vom Tisch und goss sich ein. Ganz langsam, jetzt hatte er Zeit. Er hatte den Spatz in der Hand, der konnte ihm nicht mehr wegfliegen. Warum sollte er nicht für einen Moment seine Gier beherrschen und Charakter zeigen? Abrupt stellte Manni Flasche und Glas auf den Tisch zurück.

»Wissen Sie was, Herr Kommissar? Ich kann sofort mit dem Trinken aufhören. Auf der Stelle!« Er lächelte mich an. »Ich brauche das Zeug nicht. Sehen Sie, da steht das Glas. Wenn ich will, steht es noch morgen früh da.«

In dem schmuddeligen Senfglas schwamm träge der Weinbrand. Fliegen stürzten sich auf ihn. Manni verscheuchte sie und stürzte den Schnaps hinunter.

»Scheiße, Herr Kommissar, ich schaff es nicht. Ich komm von dem Zeug nicht los.«

Seit Eva und Marie tot sind, trinke ich nicht mehr. Ich brauche den Stoff nicht, ich bin vom Schmerz besoffen. Wenn ich damals weniger getrunken hätte, wäre ich beim Tauchen durchs Schwimmbecken nicht zusammengeklappt, hätte nicht mit erschöpftem Herzen auf dem Sofa liegen müssen, hätte stattdessen Marie zu ihrem Kindergeburtstag gefahren. Nichts wäre passiert, und die beiden würden noch leben.

Hätte, wenn und würde. Wenn ich ein bisschen Würde hätte, würde ich schon lange Schluss gemacht haben.

»Braszik war ein Arschloch, Herr Kommissar! Na und? Er war der einzige Freund, den ich hatte. So einen mach ich doch nicht kaputt. Herr Kommissar, da kann ich mir gleich selber die Kugel geben, oder?«

Manni füllte sein Glas erneut. »Auf Braszik!« Er kippte es in einem Zug. »Wir haben uns gestritten, Braszik und ich, ja. Er war schon ein gemeiner Hund, der Peter. Einmal hat er mir fünf Rippen gebrochen, weil ich ihm eine aufs Kinn gegeben habe. Und ich hab mir die rechte Hand gebrochen, also unentschieden. Wir haben einen getrunken und uns wieder vertragen und wieder einen getrunken und uns noch mal vertragen. So war das mit uns beiden, dem Peter und mir. Und jetzt ist er weg.«

»Manni, warum machst du nicht auch Schluss?«

»Ich mach ja Schluss. Morgen!«

Ich nahm den Revolver aus dem Hosenbund und legte ihn auf den Tisch direkt vor Manni hin.

Manni starrte die Waffe an.

»Ist das die vom Peter?«

»Ja.«

Manni nickte. Zögernd nahm er die Waffe in die Hand.

»Damit hat er Schluss gemacht?«

»Ja, hat er.«

Manni schloss die Augen und betastete die Waffe wie ein Blinder, der die Gesichtszüge seiner Geliebten erfühlt. Fast zärtlich streichelte er den Revolver, bevor er ihn vorsichtig, als sei er aus schwarzem chinesischen Porzellan, zurück auf den Tisch legte.

»Ich kann das nicht.«

Es ist nicht einfach, sich die Kugel zu geben oder sich vor den Intercity von Köln nach Frankfurt zu werfen, aus dem Fenster oder von der Autobahnbrücke zu springen, Gift zu nehmen oder sich die Pulsadern durchzuschneiden, auf der Landstraße mit dem Auto gegen einen Baum zu fahren, sich aufzuhängen, aufs Meer hinauszuschwimmen, bis es zu spät ist zurückzukehren. Ich nahm den Revolver vom Tisch. »Jeder kann das, Manni. Es ist gar nicht so schwer. Schau mich an.«

Manni sah mich an. Er weinte. Ich steckte mir den Revolverlauf in den Mund.

»Hören Sie auf, Herr Kommissar! Ich kann das nicht sehen!«

»Schau mich an!«

»Bitte nicht! Bitte, bitte aufhören!«

»Manni, du sollst mich anschauen.«

»Ich kann das nicht!«

»Trink ein Glas. Du sollst trinken!«

Manni goss sich ein Glas ein. Er verschluckte sich und hustete.

»Nun schau mich an. So ist gut. Am besten beißt du fest auf den Lauf. So. Siehst du? Und dann drückst du einfach ab.«

Ich drückte ab. Es klickte metallisch.

»Siehst du, Manni, ist doch gar nicht schlimm.«

Erst jetzt nahm ich eine Patrone aus der Tasche, steckte sie in die Trommel, ließ sie rotieren und stoppte sie.

»Sieh her.«

»Hören Sie auf, Herr Kommissar! Aufhören!«, schrie Manni hysterisch. »Sie sind ja …«

Ich nahm den Lauf in den Mund, biss zu und drückte ab. Wieder klickte es nur.

»Siehst du, Manni, so einfach ist das. Du musst keine Angst haben.« Ich hielt ihm die Waffe hin. »Du bist dran.«

Manni sah mich an und verstand, dass es um sein Leben ging. Trotzdem nahm er den Revolver. Menschen wie Manni nehmen alles, sie können nicht anders. Es kommt so selten vor, dass man ihnen etwas gibt, eine solche Gelegenheit wollen sie nicht verpassen.

»Manni, nun mach schon. Es ist nur ein Spiel.«

Manni wollte nicht, obwohl er an der Reihe war. Er wollte den Lauf nicht in den Mund nehmen. Zum Schluss wehren sich alle. Plötzlich wollte er leben und schwärmte von der Schönheit der Welt. Ich habe Mannis Hand genommen und gestreichelt, während er eifrig brabbelte.

»Herr Kommissar, das mach ich nicht. Niemand kann mich dazu zwingen. Niemand. Auch Sie nicht! Niemand!«

»Ist ja gut, Manni. Ist ja gut«, beruhigte ich ihn. »Keiner zwingt dich zu etwas.«

So schnell, dass er nicht merkte, was mit ihm geschah, drehte ich sein Handgelenk, der Revolverlauf berührte Mannis Schläfe. Mit der anderen Hand zog ich Mannis Zeigefinger am Abzug durch, der Schuss ging los.

Ich habe oft den Revolver in der Hand gehabt und mit dem Gedanken gespielt, Schluss zu machen. Ein schneller Schuss in den Kopf, und Schluss mit der Sinnsuche. Ist so ein Abgang wirklich kurz und schmerzlos? Es kann so viel schiefgehen. Wie bei dem Jungen, der sich auf dem Hochstand mit dem Gewehr seines Vaters in die Schläfe geschossen hat. Er schießt sich beide Augen aus, klettert blind vom Hochstand runter und tastet nach der Flinte, die er fallen gelassen hat. Er findet sie, zweiter Versuch. Diesmal zielt er auf sein Herz, schießt wieder daneben und trifft die Lunge. Sein Vater findet ihn am nächsten Morgen auf dem Waldboden. Halbtot, aber eben nicht ganz tot. Welche Blamage! Gerade sein Vater muss ihn finden. Dieses Arschloch, das alles besser kann. Sein Vater, der Jäger, der einem flüchtenden Rehbock auf tausend Meter die Herzkammern einzeln in Stücke schießt, flucht, als er seinen halbtoten Sohn in den Wagen schleppt: »Du Flasche, nichts kannst du richtig!«

Mir wäre das nicht passiert, dass ich mir nur die Augen ausgeschossen hätte. Ich habe mich einfach nicht getraut. Bis zu dem Moment in Mannis Wohnung. Diesem unglaublich befreienden Moment, als ich mir den Revolverlauf in den Mund gesteckt und *Russisches Roulette* gespielt habe. Manni hat dieselbe Chance gehabt. Er hat sich nicht getraut, ich habe es gewagt. Nichts kann mich mehr verletzen, Hagens Verachtung nicht und auch nicht das Misstrauen der Kollegen.

Hagen bestellte mich in sein Büro. Die Untersuchungen hatten ergeben, dass Manni sich mit an Sicherheit grenzender Wahrscheinlichkeit selbst erschossen hatte. Da war die typische Wunde bei aufgesetztem Schuss, da waren die Schmauchspuren an seiner Schusshand, da waren die Fingerabdrücke. Sie bewiesen eindeutig, dass Manni selbst abgedrückt hatte. Keine Spur, die auf ein Fremdverschulden schließen ließ. Und schließlich hat Manni ein wirklich überzeugendes Motiv gehabt, sich die Kugel zu geben: Was konnte er Besseres tun, als sein beschissenes Leben zu beenden? Die Tatwaffe hat er möglicherweise mitgehen lassen, als er Braszik tot im Bauwagen gefunden hat, oder – was eher unwahrscheinlich war – er hat seinen Kumpel erschossen und sie dann eingesteckt. Vielleicht hat die Waffe sogar Manni gehört, und *er* hat den schwedischen Lastwagenfahrer erschossen und den Mord Braszik in die Schuhe geschoben. Braszik war tot, er konnte sich nicht mehr wehren. Aber so clever war Manni nicht.

Sogar der tote Dominik Wolter passte ins Bild. »Der Staatsanwalt geht von einem Einbruchdiebstahl aus. Wolter hat Manni dabei überrascht, und Manni hat geschossen.«

Hagen war sauer, er glaubte nicht an die Geschichte. Zu viele Zufälle, zu plump und zu glatt. Was sollte er machen? Für den Staatsanwalt war der Fall erledigt. Die Kollegen hatten bei Manni ein paar Sachen aus Wolters Wohnung gefunden, Tischfeuerzeug, Brieföffner, Manschettenknöpfe, eine Armbanduhr mit Wolters eingraviertem Namen. Damit war der Fall für den Staatsanwalt geklärt. »Er meint, du bist entlastet«, murrte Hagen widerwillig. Er stand auf, ging ans Fenster und drehte mir den Rücken zu. »Du bleibst weiter suspendiert.«

Am Jahrestag von Evas und Maries Tod bin ich zum Friedhof gegangen und habe ihnen Blumen gebracht. Rote Rosen für Eva, eine Sonnenblume für Marie. Ich habe die herabgefallenen Blätter aufgelesen, die Pflanzen gegossen, den Grabstein geputzt. Bei der Grabpflege gibt es immer etwas zu tun.

An dem Tag bin ich das erste Mal zu der Straßenkreuzung gegangen, auf der alles passiert ist. Es hatte sich nichts verändert. Der Verkehr rauschte vorbei, die Autos rasten.

Eine Frau stand da, den Blick auf den Boden gesenkt bewegte sie die Lippen. Sprach sie mit sich selbst, oder betete sie? Jedenfalls hielt sie die Hände gefaltet. Ein Auto schreckte sie mit der Hupe auf. Die Frau schrie dem Wagen hinterher. Ich konnte sie nicht verstehen, sah nur, dass sie weinte. Ein Möbelwagen bremste vor der roten Ampel und versperrte mir den Blick auf sie. Als der Wagen bei Grün weiterfuhr, war die Frau verschwunden.

Sie heißt Julia und kommt jeden Tag an die Straßenkreuzung. Ihr Freund ist hier vor vier Monaten von einem Pkw totgefahren worden. Auf seinem Motorrad hatte er keine Knautschzone. Er prallte gegen einen Baum und starb.

Julia hat ihm am Stamm des Baumes ein Grabmal gebaut. Ein Holzkreuz mit seinem Foto, Namen, Geburtsdatum und Todestag. Das Passfoto, mit Heftzwecken ans Kreuz befestigt, zeigt einen fröhlichen jungen Mann. Benny, 28 Jahre, gewellte Haare, blondierte Strähnchen, offener Blick. *Ich werde Dich nie vergessen!*, hat Julia auf einen Zettel geschrieben. Rote Friedhofsleuchten brennen Tag und Nacht. Julia hat Bennys Grabmal mit künstlichen Blumen geschmückt. Die frischen, die sie ihm gebracht hat, sind sofort gestohlen worden. Grabräuber haben die günstige Gelegenheit genutzt, ihrer Frau einen Blumenstrauß mit nach Hause zu bringen. »Schatz, ich liebe dich noch immer, genauso wie am ersten Tag, Kuss!« Geiz macht geil.

Das hat Julia mir erst später erzählt, da konnte sie schon wieder lächeln. Ich bin ihr nachgegangen. Durch den Park, vorbei an dem Gestrüpp, in dem Wolter sich an dem herunterhängenden Ast die Kopfhaut aufgerissen hat, vorbei an dem Teich, in dem Enten und Schwäne in ihrer Grütze schwammen, durch den Rosengarten, auf dessen Bänken die Penner Bier tranken, bis an die Straßenbahnhaltestelle am Eifelwall. Julia stieg an der Endstation aus. Eine ruhige Gegend, kleine Häuschen mit kleinen Vorgärten in kleinen Straßen. Den Buchsbaumhecken und Koniferen werden regelmäßig die Köpfe abgeschnitten. *Legoland*, sauber und gepflegt. Ein Mann ermuntert seinen Hund, zu scheißen. Er hat einen Plastikbeutel über die Hand gestülpt, wartet darauf, den Haufen zu packen und wegzuräumen. Misstrauisch sieht er mich an. Fremde verlaufen sich selten hierhin. Immer aufpassen.

Ich könnte ihm sagen, dass nicht alles Gold ist, was glänzt. In dem niedlichen Haus an der Ecke hat sich eine alte Frau aufgehängt. Ihre Kinder wollten sie entmündigen lassen, um es zu verkaufen. Beim Vormundschaftsgericht taten sie besorgt. »Die Mama vergisst, den Gasherd abzustellen. Eines Tages fliegt das Haus in die Luft! Das können wir nicht verantworten.« Bevor die Alte gegen ihren Willen ins Heim eingewiesen wurde, hat sie sich mit dem Gürtel ihres Morgenmantels erhängt.

Wenn ich durch die Stadt gehe, sehe ich die Toten hinter den Gardinen. Ich könnte eine Stadtführung machen und Geschichten von Selbstmördern und Mordopfern erzählen.

»Meine Damen und Herren, wie nahe Tragödie und Komödie beieinanderliegen, können Sie im zweiten Stock dieses Hauses sehen. Da, wo die Gardinen zugezogen sind. Nein, nicht die gekräuselten. Die daneben, die glatten. Ja, genau da. Dort wollte ein Mann den Elektroherd seiner Freundin anschließen, heimlich, in der Mittagspause. Es sollte eine Überraschung werden. Seine Frau durfte nichts davon wissen, weil er noch immer mit ihr verheiratet war und es wegen der beiden Kinder auch bleiben wollte. Es sind ja die Kinder, die unter der Trennung der Eltern am meisten leiden. Wie es so oft im Leben ist: Der Mann hat Plus und Minus verwechselt und sich einen tödlichen Schlag geholt. Also Finger weg vom Starkstrom!« Mit einem Augenzwinkern würde ich hinzufügen: »Aber die Überraschung ist dem Mann hundertprozentig gelungen.«

Ich könnte Geschichten von Frauen erzählen, die beim

Aufhängen der Gardinen von der Leiter gefallen sind und sich das Genick gebrochen haben. Geschichten wie die von dem dicken Mann, der nicht mehr aus der Badewanne gekommen und dort verhungert ist. Und Geschichten von Menschen, die friedlich in ihrem Bett gestorben oder nach langer Krankheit verreckt sind.

Julia wohnte am Ende der Straße im Haus Nummer 17. Rotes Dach, weiße Fassade, gläserne Eingangstür mit Schmiedegitter vom Baumarkt, nichts Besonderes im Vergleich zum bronzenen Türblatt der Villa von Evas Vater, Dr. med. Peter Koch.

Ich habe Julia auf der Straße angesprochen und ihr mein Beileid ausgesprochen. »Wenn es ein Leben nach dem Tod gibt, dann ist Ihr Benny sehr glücklich. Wo er auch sein mag, im Himmel, in der Luft, in einem anderen Land, Ihr Benny kann sehen, wie sehr er geliebt wird.«

Julia hat gespürt, dass ich sie nicht anmachen wollte. Als wir zusammen einen Kaffee getrunken haben, mussten wir nicht viel reden. Wir fühlten, dass uns das Schicksal zusammengeführt hatte, und stellten uns vor, dass auch die Seelen von Benny und Eva in jenem anderen Land zueinandergefunden hatten. Auch Marie ist nicht allein geblieben, sie hat einen netten Jungen kennengelernt, einen Jungen in ihrem Alter, mit dem sie *Stadt, Land, Fluß* spielt. Julia und ich, wir konnten uns hemmungslos unseren Fantasien hingeben und einander trösten. Wir erzählten uns von Evas und Bennys Macken, ihren Spinnereien, ihren liebenswerten Eigenschaften, ihrer Einmaligkeit. Unsere Lieben sind tot, und doch leben sie. Wir wussten, dass die Nacht uns wieder in schlafloser Verzweiflung sehen würde, jeden von uns allein in seinem Bett. Unsere Toten würden in ihren Gräbern liegen und vermodern, in uns würde der Hass auf ihre Mörder aufflammen. Nur die Rache kann den Schmerz lindern.

Gemeinsam haben wir die Gräber unserer Lieben besucht. Wir schämten uns, als wir spürten, dass wir uns nach einem Leben außerhalb des Friedhofs sehnten. Fernab von Gräbern und Toten, die Nase frei vom Duft welkender Blumen und faulenden Laubs. Julia und ich kamen uns wie Verräter vor, Verräter der unsterblichen Liebe. Trotzdem haben wir uns geküsst. Und es war schön.

Wir haben eine Fahrradtour an den Rhein gemacht. Die Luft war frisch und klar, ein Herbsttag wie gemalt, in der Sonne war es warm. Wir haben uns auf eine Bank gesetzt und den Schiffen zugesehen. Julia hat die Augen geschlossen und ihr Gesicht in die Sonne gehalten. Sie könnte stundenlang so sitzen, hat sie geseufzt. Eva hätte das schnell langweilig gefunden. Sie konnte nicht still sitzen und wollte immer in Bewegung sein, immer auf dem Sprung, immer voller Ungeduld. Selbst im Sommer am Strand oder im Freibad konnte sie nicht still liegen. »Liegen kann ich noch genug, wenn ich tot bin«, hat Eva gesagt und ist aufgesprungen. Sie musste etwas tun – und wenn sie nur Muscheln gesucht hat, um sie wieder ins Wasser zu werfen.

Marie war ganz die Mutter. Wie ein Floh hüpfte sie von hier nach da und von da nach hier. Immer in Bewegung. Dabei redete sie ohne Pause, sogar im Schlaf. »Wenn du mal tot bist, muss man dir den Mund extra totschlagen«, habe ich einmal gesagt. Marie hat gelacht. Eva hat mir den Finger auf die Lippen gelegt. »Psst, Georg! Lass sie doch. Sei froh, dass sie nicht stumm ist wie ein Fisch.« Abends vor dem Einschlafen hat Marie mich gefragt: »Würdest du das wirklich tun? Mir den Mund totschlagen?«

»Schatz! Das war nur ein Witz!«

Marie hat mich zweifelnd angesehen. War das, bevor ich ihr wegen der kaputten Milchflasche die Ohrfeige verpasst habe oder danach? Ich hätte Marie nie schlagen dürfen.

»Woran denkst du«, hat Julia mich gefragt.

»An nichts. Und du?«

»Auch an nichts.«

Langsam ist die Sonne untergegangen. Ein paar Wolken haben sich wie ein Bühnenvorhang vor sie geschoben, es ist kühl geworden.

»Gehen wir«, habe ich Julia gefragt. Sie hat genickt. Und da haben wir uns geküsst. Wir sind auf unsere Fahrräder gestiegen, und ich habe sie nach Hause gebracht. Unterwegs hat es geregnet, aber nicht schlimm. Als ich zu Hause in meinem Bett lag, habe ich daran denken müssen, dass dies der erste Tag war, an dem ich nicht auf dem Friedhof gewesen bin.

Manche gewöhnen sich das Rauchen ab. Sie kleben sich ein Nikotinpflaster aufs Herz, gehen zur Akupunktur oder zum Homöopathen. Sie besuchen Selbsthilfegruppen in einem zugigen Pfarrsaal, legen sich auf die Couch eines Psychoanalytikers oder decken sich beim Apotheker nebenan mit Hausmitteln ein. Julia und ich gewöhnten uns den Friedhof ab, indem wir jeden Tag mit dem Rad fuhren. Der Herbst hatte den Altweibersommer mit ein paar deftigen Regenschauern und Stürmen weggeblasen. Auf unsere Bank konnten wir uns schon lange nicht mehr setzen. Wir stiegen in einem Café am Rhein ab, ketteten unsere Räder aneinander und setzten uns ans Panoramafenster. Der Rhein führte Hochwasser, das Ufer war überschwemmt. Unrat und Abfall blieben im Gestrüpp hängen, Plastiktüten hingen wie nasse Fahnen in den Ästen. Wir sprachen darüber, wie schön es jetzt in der Sonne wäre. Irgendwo auf einer Insel im Süden. Um diese Jahreszeit wäre das Wasser auf den Balearen noch immer warm genug zum Schwimmen. Mallorca, Menorca, Ibiza, Formentera – Julia kannte sie alle. Sie hat eine Insel nach der anderen mit dem Motorrad erforscht, zusammen mit Benny.

Julia und ich redeten nur in der Vergangenheit. Wir dachten in der Vergangenheit, wir lebten in ihr. Wir hatten keine Zukunft, nicht mal eine Gegenwart. Wir konnten dem Friedhof nicht entkommen. So schnell wir auch in die Pedale unserer Fahrräder traten: Der Friedhof war schon da. Die Grabsteine hingen an unseren Hälsen und zogen uns in die Tiefe. Langsam erstickten wir.

An diesem Abend lud Julia mich das erste Mal in ihre Wohnung ein. Ich blieb über Nacht. Julia hat mir ein Bett auf der Couch gemacht. Wir haben nicht miteinander geschlafen, wir wollten nichts überstürzen. Aber so waren wir nicht allein.

Wir machten uns Gedanken, wie wir Weihnachten verbringen wollten. Zu Hause würde es unerträglich sein, da machten wir uns nichts vor. Wir beschlossen, gemeinsam zu verreisen, und buchten eine vierzehntägige Pauschalreise nach Südafrika. Wir kannten das Land beide nicht und hofften, dort vor unseren Erinnerungen sicher zu sein. Die Frau im Reisebüro überredete uns, ein Doppelzimmer zu nehmen. »Das ist unser Spitzenangebot im Package. Sie sparen fast ein Drittel«, sagte sie munter. »Wenn Sie Einzelzimmer nehmen, kann ich nicht garantieren, dass Ihre Zimmer nebeneinander liegen. Da haben wir die dollsten Sachen erlebt.« Zögernd stimmten wir zu. Dabei waren wir der Frau vom Reisebüro insgeheim dankbar. Wir sehnten uns danach, in einem Bett zu liegen, unsere nackte Haut zu berühren und uns fest zu umklammern.

Abends sind wir essen gegangen. Ich habe zur Feier des Tages das erste Mal wieder Alkohol getrunken. So ausgelassen war ich lange nicht mehr.

»Ich habe gar nicht gewusst, dass du so lustig sein kannst«, wunderte Julia sich.

»Das liegt an dir! Du machst mich einfach glücklich.« Ich bestellte noch mehr Wein und merkte nicht, dass ich die Flasche allein trank. Ich redete und redete. Schluss mit dem Trübsalblasen, man kann doch nicht ewig trauern. Ich muss sehr laut gewesen sein. Julia ermahnte mich, leiser zu sprechen. »Weißt du, was du bist«, habe ich sie angeblitzt und ihr mit dem Finger auf die Stirn getippt. »Du bist genau wie Eva! Der war das auch peinlich. Die wollte mir auch den Mund verbieten, wenn ich mal was getrunken habe.«

Als ich von der Toilette kam, hat Julia gesehen, dass ich gekotzt hatte. Ohne irgendeinen Vorwurf hat sie ihre Serviette genommen und mir den Flecken am Revers weggewischt. Sie hat mich mit dem Taxi nach Hause gebracht und mir einen Abschiedskuss auf die Wange gegeben. Mit in meine Wohnung ist sie nicht gekommen. Dabei habe ich sie angebettelt, mich nicht allein zu lassen. Beinahe hätte ich dem Taxifahrer in die Fresse gehauen, als der sich einmischte und meinte, ich sollte die Frau in Ruhe lassen. Ich habe mich beherrscht. Es war so ein schöner Abend, und er sollte kein böses Ende nehmen.

Am nächsten Morgen ging es mir nicht gut. Ich hatte Kopfschmerzen. Nicht den üblichen Kater am Morgen danach, nein, richtig schlimme Kopfschmerzen. Als ob die Eisenbahnwaggons in meinem Kopf wieder gegen meine Stirn donnerten.

Ich habe Julia angerufen und mich für den schönen Abend bedankt, ihr gesagt, dass ich die nächste Zeit nicht mehr zum Friedhof gehen würde. Man soll die Toten mit seinem Glück nicht eifersüchtig machen, das reizt sie nur und bringt Pech.

Ich weiß nicht, wie lange Julia geschwiegen hat. Am Telefon kommt einem die Zeit immer länger vor, wenn keiner was sagt. »Ist was nicht in Ordnung«, habe ich sie gefragt. Da ist sie mit der Sprache rausgerückt. Sie hätte es sich noch einmal überlegt und glaubte, dass es besser wäre, wenn wir nicht zusammen nach Südafrika fahren würden.

»Gut, dass du das sagst! Das finde ich auch«, stimmte ich ihr zu und erzählte von dem Bericht, den ich gerade im TV gesehen hatte. Mitten im Zentrum von Kapstadt werden Touristen ausgeraubt, am hellichten Tag. Geld weg, Scheckkarte weg, Fotoapparat weg. Wenn man Glück hat, kommt man mit einer blutigen Nase davon. Die Polizei kann nichts machen, es sind zu viele. Ich habe Julia ein gemütliches Hotel in Österreich vorgeschlagen. Mitten im Schnee, mit Sauna, Swimmingpool, Wellness, Kraftraum, alles unter einem Dach. Man muss nicht einmal vor die Tür gehen. So ist man nicht vom Wetter abhängig.

Julia zögerte. Ich wusste, was jetzt kommen würde. Ich roch es durchs Telefon. Aber ich habe nicht aufgegeben. »Wenn es dir lieber ist, können wir auch zwei Einzelzimmer nehmen. Das ist kein Problem!«

»Ich kann nicht, Georg«, sagte sie.

»Es muss ja nicht Österreich sein. In der Eifel ist es auch schön.« Ich habe richtig gebettelt. »Julia, wenn du willst, können wir auch zu Hause bleiben!«

»Du bist lieb. Aber ich möchte lieber allein bleiben.«

Da war es raus. Julia, was bist du für eine durchtriebene Schlange! Winkst mir mit dem Apfel vom Baum der Versuchung – »Du bist lieb, ich mag dich!« – und vergiftest mein Herz. Du möchtest allein bleiben? Das kannst du haben. Ich werde dich nicht belästigen. Ich habe mich nie aufgedrängt. Das hat meinereiner nicht nötig. Ich bin immer allein zurechtgekommen und habe nie Hilfe gebraucht. Wenn das Schicksal mich am Boden hatte, bin ich immer wieder aufgestanden. Obwohl ich manchmal gerne liegen geblieben wäre. Julia, ich habe dich nicht im

Stich gelassen. Du solltest deinen Frieden finden, so wie ich ihn gefunden habe. Du willst es nicht wahrhaben, aber es ist so: Ohne *Auge um Auge*, ohne *Zahn um Zahn*, ohne *Herz um Herz* gibt es keinen Frieden.

Deswegen habe ich ihn für dich getötet.

Es ist komisch, wie die Typen sich gleichen: Sie haben es eilig, sie fahren zu schnell, sie haben Alkohol im Blut, sie haben keine Schuld, sie sind unschuldig wie neugeborene Kinder. Doch selbst die haben wegen der Erbsünde eine befleckte Seele. Wenn sie ohne Taufe sterben, kommen sie in die Vorhölle. Dort werden sie bis zum Jüngsten Tag zwischengelagert. Erst dann lässt Gott sie in sein Himmelreich. Also gibt es keine Unschuld. Julia hat mir die Prozessakten gezeigt. Im Prinzip war es in ihrem Fall genauso wie in meinem. Nur dass der Täter nicht Dominik Wolter hieß, sondern Ralf Frenzen. Frenzen war keine 32 Jahre alt wie Wolter, sondern 41. Von Beruf war er nicht Versicherungskaufmann, sondern Produktionsleiter beim Film. Normalerweise würde er keinen Tropfen trinken, wenn er fahren müsste, gab Frenzen zu Protokoll. Es klang wie bei Wolter, Wort für Wort. Das hier sei die absolute Ausnahme gewesen. Vor allem weil es ja nicht sein eigener Wagen gewesen sei. Der Mercedes sei ihm von der Firma als Dienstwagen gestellt worden. Das würde die Firma und ihn keinen Cent kosten, weil er den Mercedes in zwei Szenen im Film fahren lasse. Im Gegenteil. Für das Product-Placement würde er von Mercedes Geld bekommen. Nicht viel, aber Kleinvieh macht auch Mist, und anders kann man einen Film heute gar nicht mehr finanzieren. Alle waren froh, als sie den Film endlich abgedreht hatten, er war viel zu niedrig kalkuliert. Frenzen hat Tag und Nacht gerechnet, wie er Geld einsparen konnte. Er hat die Leute im Preis gedrückt. Wer sich nicht drücken ließ, wurde nicht eingestellt. Die meisten brauchten den Job, und Frenzen hat ihnen Verträge abgenötigt, die sie zu unbezahlten Überstunden zwangen.

»Als Produktionsleiter macht man sich keine Freunde, einer muss der Böse sein. Ich werde dafür bezahlt, dass ich es bin.« Die Firma war mit Frenzen zufrieden und hat ihm einen Extrabonus gezahlt, weil er aus dem Mini-Budget einen Gewinn rausgeholt hat. Gut, dafür haben andere bluten müssen. So ist das beim Film. Wo viel Licht ist, ist noch mehr Schatten. Auf dem Abschlussfest hat keiner mit Frenzen gesprochen. Wohin er sich auch stellte, ob zu den Beleuchtern, dem Kameramann, der Kostümabteilung, den Schauspielern, sofort verstummte das Gespräch. »Die haben mich nicht mit dem Arsch angeguckt! Was soll der Scheiß? Beim nächsten Film kommen sie wieder angekrochen und betteln um Arbeit«, ereiferte Frenzen sich vor Gericht. An diesem besagten Abschlussfest hat ihn das fertiggemacht. Frenzen hat den Moralischen gekriegt. »Ich bin auch nur ein Mensch, der Gefühle hat. Auch wenn ich das nicht so raushängen lasse.« Kann sein, dass er deshalb ein, zwei Glas Wein getrunken und auf der Heimfahrt das Motorrad übersehen hat. Obwohl der Fahrer da, wo er ihn erwischt hat, gar nicht hätte fahren dürfen. Die Straße war durch den Regen glatt wie eine Rutschbahn, dazu war es Nacht und stockdunkel. Bei solchen Verhältnissen stellt jeder vernünftige Mensch sein Motorrad in die Garage. Natürlich tut es ihm leid, was da passiert ist. Aber er sei nicht einmal sicher, ob der Motorradfahrer überhaupt mit Licht gefahren sei. Für so was hätte er ein Auge. Schließlich arbeite er beim Film.

Geschichte wiederholt sich, und die Erfahrung lehrt, dass die Erfahrung nichts lehrt. Ich habe Julias Sache zu meiner gemacht und Frenzen angerufen.

»Ich bin der Freund von Julia. Sie wissen, das ist die Frau, deren Freund Sie totgefahren haben.«

»Was wollen Sie«, hat er gereizt gefragt.

»Ich möchte, dass Sie sich bei ihr entschuldigen«, habe ich gesagt, freundlich, höflich, korrekt.

»Ich habe Ihrer Freundin schon hundertmal gesagt, sie soll mich in Ruhe lassen«, hat er geantwortet. »Jetzt reicht's! Wenn ihr mich noch einmal belästigt, lernt ihr mich kennen.«

Julia hat Frenzen nach dem Prozess zwei Mal angerufen. Beim ersten Mal hat er sie abgewimmelt. Auch wenn er wollte, dürfe er sich nicht entschuldigen. Das verlange die Versicherung, so stehe es in seinem Vertrag. Wenn er sich entschuldige, sei das ein Schuldeingeständnis, und Julia hätte Ansprüche an die Versicherung. Die müsse dann zahlen. Das Geld würde sich die Versicherung von ihm, Frenzen, zurückholen. Deshalb entschuldigt sich auch kein Mensch bei der Bahn für die unzähligen Verspätungen. Die Bahn bittet um Verständnis, damit räumt sie keine Schuld ein. Verständnis kostet nichts. Dabei hat Julia gar kein Geld von Frenzen gewollt.

Beim zweiten Anruf hat er Julia angebrüllt und als geldgierige Schlampe beschimpft. Bei Julia ist er damit durchgekommen. Frenzen war groß, bestimmt zwei Meter. Die Aknenarben und die gebrochene Nase konnten einem Angst machen. Ich hätte mehr Angst vor dem Typen, der ihm die Nase gebrochen hat. Welcher Teufel hat Frenzen geritten, dass er geglaubt hat, damit durchzukommen?

Für mich ist es kein Problem, an eine Waffe zu kommen. Vorsichtshalber bin ich nach Hamburg gefahren, wo mich keiner kennt. Ich habe keine Angst, erwischt zu werden, trotzdem fordere ich das Schicksal nicht heraus. Die Spielregeln sind zudem überall gleich, man muss sie nur kennen.

Ich habe mir die P10 von Heckler & Koch gekauft. Die P10 ist die beste. Sie ist nicht billig, dafür ist sie zuverlässig. Hitze kann sie genauso ab wie Kälte. Wenn sie in den Dreck fällt, hat sie keine Ladehemmung wie der tschechische Schrott. Das Magazin der P10 fasst dreizehn Patronen, Kaliber 9 mm Parabellum. Wir hatten einen Fall, da lag eine P10 jahrelang auf dem Grund eines Baggerlochs, bis Kinder sie beim Tauchen gefunden haben. Am Ufer haben sie mit der Waffe gespielt. Sie ist losgegangen und hat ein Mädchen ins Bein getroffen. Das Mädchen hat Glück gehabt, dass das Geschoss nicht den Knochen zerschmettert hat und es nur eine Narbe als Andenken behielt.

Ich habe Frenzen erschossen, als er in seinen Wagen steigen wollte. Es war nicht mehr der schwarze Mercedes – neuer Film, neues Auto, schwarzer Volvo. Die Marken wechseln, aber die Farbe bleibt. Schwarz ist zeitlos wie die Nacht, es strahlt Geld und Macht aus. Frenzen hat mich verwundert angeschaut, als ich ihm auf die Schulter klopfte. Ich habe ihm sofort in den Kopf geschossen. Aufgesetzter Schuss. Keine letzten Worte, kein *Mit Grüßen von Julia!* So was gibt es nur im Film. Das hier war die Realität. Schuss und Schluss.

Meine Kleider habe ich im Wald verbrannt, die Pistole vergraben. Ein bisschen Routine hatte sich eingestellt.

Erst unter der Dusche kam dieses aufwühlende, heiße Gefühl, das die Rache durch die Blutbahn schießt. Ich genoss es, David zu sein. David, der Goliath aufs Kopfsteinpflaster geschleudert hat, nicht mit einem Kieselstein, sondern mit einer 9 mm Parabellum. Das ist kein simples Adrenalin, es ist mehr, schwer zu beschreiben. Wer das Gefühl einmal gekostet hat, wird danach süchtig. Das Wasser trommelt auf meinen Kopf, so heiß, dass es schmerzt. Ich presse die Augen zusammen, Blitze schießen durch die Nacht. Ich stehe im Hauseingang und warte. Auf der anderen Seite glänzt Frenzens schwarzer Volvo im Licht der Weihnachtsbeleuchtung. Mein Atem bläst weiße Wolken in die eisige Luft, doch ich spüre die Kälte nicht. So kalt ist es auch nicht. Es wird auch dieses Jahr keine *Weiße Weihnacht* geben. *I'm dreaming of a White Christmas!* Was wohl die Jungs vom mexikanischen FBI machen? Wie schön wäre es, jetzt mit ihnen Tequila zu trinken, den Huren ihre Kommunionskleidchen zu zerreißen, Kokainstraßen auf Plastiktische zu baggern. Die Fliegen laufen durch Evas Blut auf den Fliesen des Hotelzimmers, kleben fest, strampeln sich frei. Erinnerungen saugen den Schmerz weg wie Löschpapier. Ehe ich in Träumen versinke, sehe ich Frenzen kommen. Den Aktenkoffer schwingt er wie eine Keule in der linken Hand, den Autoschlüssel hält er in der rechten. Mit dem Infrarotstrahl entriegelt er im Geschwindeschritt die Wagentür. Keine Zeit verlieren, Zeit ist Geld. Ich überquere langsam die Straße, ich habe Zeit. Frenzen öffnet die Wagentür. Gerade will er einsteigen, da stutzt er und bückt sich. Sein linker Schnürsenkel hat sich gelöst. Frenzen wirft den Aktenkoffer in den Wagen und bindet eine Schleife. Ich tippe ihm auf die Schulter, er dreht sich um und sieht mich an. Frenzen kennt mich nicht. Er bemerkt die Pistole, reißt den Mund auf. Bevor er etwas sagen kann, drücke ich ab. Der Schuss ist laut. Die Anwohner halten es für eine Fehlzündung oder tun so, als ob sie nichts gehört haben, schauen verstohlen durch einen Gardinenspalt auf die Straße. Nur nicht in etwas reingezogen werden, das einen nichts angeht, in dieser Gegend ist das angebracht. In dem *Hotel*, aus dem Frenzen gekommen ist, habe ich eine Zeit lang gewohnt, bevor mich Evas Vater, der Gynäkologe und Geburtshelfer Dr. Peter Koch, genannt die Bazille, an den Haaren zu seiner schwangeren Tochter geschleift hat. Im ersten Stock betreiben nach wie vor die freischaffenden Huren ihr Handwerk. Die Zuhälter, die in der Bar an der Ecke verkehren, sehen das nicht gern. Sie möchten mitkassieren, diese Konkurrenz belebt ihr Geschäft nicht. Ab und zu schnappen sie sich deshalb vor der Tür des *Hotel* einen Kunden und mischen ihn auf, damit die Huren wissen, was Sache ist.

In der Straße fließt häufig Blut. Erschossen wird selten jemand, das bringt Unruhe auf den Kiez. Die Freier sind leicht zu verschrecken, das ist tödlich fürs Geschäft.

»Bist du jetzt glücklich«, habe ich Julia am Telefon gefragt. Sie hat gar nicht verstanden, was ich meinte.

»Er ist tot.«

»Wer?«

»Frenzen. Der Mann, der deine Liebe umgebracht hat.«

Julia hat lange geschwiegen. Ich habe mir vorgestellt, dass ihr das Glück die Sprache verschlagen hat und wie ihr die Tränen über die Wangen geflossen sind. Ich habe mit ihr geweint. Eigentlich hatte ich bei allem, was mir heilig ist, geschworen, ihr nicht zu verraten, dass sie mir ihre Befreiung verdankt. Ich wollte nicht, dass sie mich aus Dankbarkeit liebt. Sie sollte mich um meiner selbst willen lieben. Aber ich musste es loswerden. »Julia, ich tue alles für dich. Du musst keine Angst haben, solange ich bei dir bin. Keiner wird dir mehr wehtun.«

Sie hat den Hörer aufgelegt. Eine Stunde später hat die Polizei an meiner Tür geklingelt. Julia, warum hast du mich verraten?

Als ich wach wurde, konnte ich mich nicht bewegen. Sie hatten mich an Armen und Beinen ans Bett gefesselt. Ich habe um Hilfe gerufen, weil ich pinkeln musste. Der Pfleger hat mich misstrauisch angesehen. Während der Nacht war er allein auf Station, und ohne Verstärkung wollte er mich nicht losbinden. Meinen Schwanz wollte er auch nicht anfassen und in die Urinflasche stecken. »Soll ich ins Bett machen«, habe ich ihn angeschrien. Er hat die Zentrale angerufen. Hier wäre ein Notfall, sie sollten ihm einen Kollegen zur Verstärkung schicken. Als die Verstärkung kam, war es zu spät.

Es ist demütigend, vor Zeugen ins Bett zu machen. Der Pfleger hielt meine Verzweiflung für einen Bluff. Die Tränen in meinen Augen rührten ihn nicht. Er war kein Kriegsdienstverweigerer, der hier seinen Ersatzdienst ableistete. Er arbeitete seit über zwanzig Jahren in der Psychiatrie und hatte genug gesehen, um den Glauben an die Menschheit zu verlieren.

Die Verstärkung war eine Pflegerin von der geschlossenen Frauenabteilung. Die beiden überlegten, ob sie riskieren konnten, mich loszubinden und mein Bett neu zu beziehen. Sie hatten den Ruf weg, ihren Nachtdienst im Sessel abzusitzen. Noch eine Stunde, dann begann die

Tagesschicht. Sollten die sich doch mit mir herumschlagen. Andererseits hatten sie in der letzten Zeit zu viele in der Scheiße liegen lassen. Durchgeknallte, die nicht ihrer Sinne mächtig waren. Ich war klar im Kopf, wenn ich mich über sie beschwerte, war das glaubhaft. Widerwillig banden sie mich los, um mich zu säubern. Scherten sich keinen Deut um meine Schreie. Ich wollte nicht vor dieser Frau entblößt werden. Sie war hässlich, gemein, ordinär, gab mir einen Klaps auf meinen Schwanz, wie es Tante Ruth getan hat. »Nun hab dich mal nicht so, Kleiner.«

Erbarmungslos durchbiss ich ihre Kehle, sie bettelte um ihr Leben. Mit den letzten Atemzügen stieß sie ihr Blut aus. Ich schnappte mir den Pfleger, den das Entsetzen gelähmt hatte und der sich nicht von der Stelle rühren konnte. Ich riss beiden das Herz aus der Brust, ihre zuckenden Rümpfe bepissten sich vor Angst.

»Georg Kupinski! Was hast du getan?« Im Gemeinschaftssaal des Schullandheims rief mich Herr Feuser, der Klassenlehrer, nach vorne. Er zitterte vor Wut, aber ich hatte keine Angst.

»Sag es vor der ganzen Klasse!«

Ich zitterte auch, ja, das gestehe ich, aber nicht vor Angst, sondern vor Scham. Meine Scham war größer als meine Angst. Die Klasse musste meiner Hinrichtung zusehen. Sie tat es gerne, genoss die wohligen Schauer, die wie Kreide über die Tafel kratzen.

»Sag es, Kupinski! Du sollst reden!«

Das Blut stieg Feuser in den Kopf. Rot wie Wut, gleich würde er platzen. Ich hörte sein Blut in den Schläfen pochen. Seine Adern spannten sich, gleich würde eine reißen, er würde tot umfallen. Oder noch besser: Feuser würde mit einem Schlaganfall überleben, gelähmt an Armen, Beinen, Händen, Füßen. Er könnte sein Maul aufreißen, so weit er wollte, er würde keinen Ton herausbringen. Keinen Schrei, kein Flüstern.

»Verdammter Bettnässer! Wirst du wohl reden!«

Seine Stimme spuckte Hohn und Verachtung. Mein Schweigen machte ihn rasend. Er schlug mit dem Lineal auf mich ein. Die Klasse johlte. Das würden sie teuer bezahlen. Jeder Einzelne. Was ich einmal gesehen habe, vergesse ich nie.

Ich war kein Bettnässer. Ich hatte die Veranlagung, das stimmt. Ich habe sie bekämpft und neben dem Bett geschlafen. Nachdem meine Mutter über mich gestolpert ist und sich die Nase gebrochen hat, hat sie mir verboten, auf dem Boden zu schlafen. Also schlich ich mich, kaum dass sie eingeschlafen war, aufs Klo. Sosehr ich gegen die Müdigkeit ankämpfte, irgendwann schlief ich ein. Ich träumte von der stürmischen See, die mein Schiff auf die Klippen trieb und zerschlug. Da klopfte es an die Tür. »Hello, darling! Please, hurry up!« Es war die Königin von England, die dringend musste. Ich zog ab und öffnete. Elisabeth schenkte mir ein freundliches Lächeln. »Thank you, Georg!« »Gern geschehen, Majestät!« Ich machte einen tiefen Diener und gab ihr den Weg frei. Die Königin rauschte in ihrem langen Kleid an mir vorbei und schloss die Tür. Ich hörte Druckknöpfe platzen, Reißverschlüsse sirren, Stoff rascheln. Ein tiefes Aufatmen und einen Wasserstrahl. Erst zögerlich, dann immer kräftiger. Ob auch Gottvater aufs Klo muss? Gott hat die Menschen nach seinem Ebenbild geschaffen, Jesus Christus, sein eingeborener Sohn, ist Mensch geworden und hat unter uns gewohnt. Ich bin die Treppe hinuntergelaufen. Vor der Haustür stand die königliche Kutsche. Ich streichelte die Pferde, fütterte sie mit Äpfeln und Möhren, und zwei Wochen später ist Feuser von der Straßenbahn überfahren worden.

»Georg, willst du mit zu einer letzten Ölung«, fragte mich der Kaplan. Natürlich wollte ich, endlich würde ich meinen ersten Toten sehen. Ich lief dem Kaplan voran, bimmelte mit der Schelle und rief: »Der Leib Christi! Der Leib Christi!« Am Ring war ein riesiger Menschenauflauf. Die Leute schwiegen und ließen uns zu dem Toten durch. Die Straßenbahn hatte ihn mit stählernen Rädern zerschnitten. Der Kaplan suchte den Kopf, um ihm mit dem geweihten Öl das Kreuz aufzuzeichnen. Als er ihn fand, musste er sich übergeben. Ich erkannte Feuser und dankte Gott. Jetzt, da er tot war, konnte ich für sein Seelenheil beten.

Julia fühlte sich schuldig. Sie hatte mich verraten, und das schlechte Gewissen quälte sie. Ich nehme ihr den Verrat nicht übel, ich weiß, wie das ist, wenn die Polizei einen verhört. Die meisten Menschen werden schwach, sie sind es von Natur aus und können nicht lügen. In der Masse fühlen sie sich stark, aber sie wollen nicht in der ersten Reihe stehen, wenn es riskant wird. Sie drängeln sich nicht vor, sie drängen zurück. Doch wenn ihr Herr und Gebieter niedergestreckt am Boden liegt, wenn ihnen keine Gefahr für Leib und Leben droht, wenn es *Freibier für alle!* gibt, dann sind sie da. Toll und kühn in ihrer besoffenen Stärke drängeln sie sich vor – jetzt sogar in die erste Reihe! – und verhöhnen den toten Popanz, der sie so lange zu hörigen Knechten herabgewürdigt hat, treten ihm den Kopf vom Rumpf, spielen mit ihm Fußball. Der Mensch ist des Menschen Teufel, alles ist gut, was den Menschen erniedrigt.

Mag sein, dass es feige ist, sich an den Kleinen und Schwachen zu vergreifen. Was soll man machen, wenn man an die Starken und Großen nicht rankommt? Was nutzt meinereiner die Lizenz zum Töten? Ich komme nicht einmal an Thomas Gottschalk ran, um ihm die Gummibärchen aus der Fresse zu hauen. Nein, das stimmt nicht. Bei Gottschalk würde ich es sogar mit meinem alten Dienstausweis schaffen und mit ihm auf dem Männerpissoir urinieren. Ich wette, dass Georg Kupinski aus Köln mit seinem Strahl weiter schifft als Thomas Gottschalk!

Mit dem Bundeskanzler sieht das schon ganz anders aus. Wenn der pinkeln muss, wird er zum gefährdeten Objekt und von vier Leibwächtern oder der GSG 9 abgesichert. Die würden merken, dass mein Ausweis ungultig ist, und ein Duell verhindern. Zudem geht der Bundeskanzler inzwischen auf die Damentoilette.

Die höchste Sicherheitsstufe hat der Präsident der Vereinigten Staaten von Amerika. Eliteeinheiten der Marines fliegen mit dem Apache-Hubschrauber ein. *Alarmstufe Rot!* Die Marines stürmen das Pissoir, schweißen sämtliche Kanaldeckel und Lüftungsschächte zu. Mit dem Finger am Abzug ihrer Waffe wenden sie dem Präsidenten den Rücken zu, damit der unbeobachtet und sicher seine Blase entleeren kann. Wenn der Präsident fertig ist, pfeift er auf den Fingern. *Okay, boys, let's go!* Die Marines sprühen Fichtennadelaroma und werfen Nebelkerzen, damit *Airforce One* mit dem Präsidenten an Bord kein Ziel abgibt.

Nach tagelangen Verhören, nachdem sie alles versucht hatten, mich zum Reden zu bringen, gaben Hagen und die Kollegen auf. Ich rede nicht, ich spreche durch meine Taten. Sie konnten mir gar nichts und waren sauer.

Der Staatsanwalt erwirkte den Beschluss, mich zur Beobachtung in die Psychiatrie einzuweisen. Die meisten Pfleger und Schwestern kannte ich vom letzten Mal. Sie waren in Ordnung. Jeder muss seine Pflicht tun, keiner reißt sich um so eine Arbeit. Sie ist schlecht bezahlt, dazu noch im Schichtdienst. Immer hat man mit Bekloppten zu tun, bei denen man nicht weiß, ob sie in der nächsten Sekunde ausflippen und einem mit dem Stuhl den Kopf einschlagen wollen.

Julia hat mich die erste Zeit täglich besucht. Ich wollte sie nicht sehen. Die Schokolade und das Obst habe ich abgelehnt, die Zigaretten ebenfalls. Ich rauche nicht mehr. Das Trinken habe ich auch drangegeben. Das ist keine Leistung, Alkohol ist hier verboten.

Nur in der ersten Woche war ich einmal betrunken, und das nicht freiwillig, sondern weil die Ärzte für ein Gutachten testen wollten, ob ich unter Alkoholeinfluss ausflippe. Sie schlossen mein Gehirn ans EEG, um meine Gedanken mitzuschreiben. Ich musste eine Flasche

Schnaps trinken, billigen Fusel, bei dem selbst Manni, der wirklich nicht wählerisch war, das Gesicht verzogen hätte. Vorsichtshalber holten sich die Ärzte die vier stärksten Pfleger der Klinik als Verstärkung für den Fall, dass ich zum kettensprengenden Monster werden sollte. Was sie insgeheim hofften, weil sie dann einen Artikel in ihrer Fachzeitschrift veröffentlichen könnten. Ich trank und trank, musste mir mit dem Finger auf die Nase zeigen, auf einem roten Strich gehen, auf dem linken Bein stehen, auf dem rechten Bein stehen, abwechselnd auf einem Bein hüpfen und gleichzeitig *Früh-in-der-Frische-fängt-Fischers-Fritz-frische-Fische-Frische-Fische-fängt-Fischers-Fritz* aufsagen, dabei trinken, trinken, trinken. Sie zeigten mir Bilder von nackten Männern, die auf dem Sofa lagen und mit sich spielten: allein, zu zweit, zu dritt. Bilder von nackten Frauen, allein und zu mehreren. Sie führten mir gemischte Doppel vor, Männer und Frauen, wollten wissen, ob es mich erregte. »Was denken Sie dabei? Was fühlen Sie?« Sie starrten gebannt auf das EEG, als ob da der wahre Pornofilm abging. Ich überlegte gerade, ob ich sie glücklich machen und ihnen den Gefallen tun und *Fotze, Möse, Schwanz, Fick mich!* schreien und sie fragen sollte, wann endlich die Kinderpornos kämen, da wurde mir schlecht. Ich kotzte und der Versuch war beendet.

Es ist die Liebe, die mich dazu ermächtigt hat, Julia zu ihrem Glück zu zwingen. Ich habe aus meiner Geschichte gelernt. Einen Fehler wie bei Eva und Marie werde ich nicht noch einmal machen. Tatenlos mit der Wärmflasche auf der Couch liegen, weil mir irgendwas wehtut, habe ich Eva mit dem Wagen fahren lassen. Ich habe gewusst, wie leicht sie sich von Marie ablenken lässt. Dass sie nachtblind ist und im Dunkeln schlecht sieht. Wenn es dazu noch regnet oder schneit, sieht sie gar nichts. Ich habe gewusst, dass die Bremsbeläge abgerieben waren und dringend erneuert werden mussten. Nicht einmal die Winterreifen habe ich aufziehen lassen, obwohl die Sommerreifen kaum noch Profil hatten. Ich habe die beiden trotzdem fahren lassen. Wenn ich gefahren wäre, nichts wäre passiert, und Eva und Marie würden noch leben. In den Sommerferien wären wir zusammen ans Meer geflogen. Ich hätte Marie das Tauchen beigebracht und wie man auf Seepferdchen reitet und Haie jagt. Eva und ich wären nachts am Strand entlanggeschlendert, die Hände ineinander verschränkt, die Füße im warmen Wasser. Irgendwo in den Dünen hätten wir uns aufs Badetuch gelegt und uns geliebt. Im Mondlicht wären wir nackt ins Meer gelaufen und hätten einander gejagt wie silbern glitzernde Fische. Vielleicht hätten wir in dieser Nacht sogar ein Kind gezeugt. Eva hat sich so sehr einen Jungen gewünscht, ein Brüderchen für Marie. Ich habe mir vorgestellt, mit meinem Sohn zum Fußball zu gehen und danach auf ein Bier in die Kneipe.

Wir haben ihn Johnny genannt. Ein Junge, der am Strand von Surabaya gezeugt worden ist, musste einfach Johnny heißen. Schon mit zwei Jahren konnte Johnny alle Seemannsknoten. Seine Ärmchen waren dünner als die Taue, die er zum Slipstek, Palstek oder Flämischen Knoten band. Johnny war stark, doppelt so stark wie die Jungen, die dreimal so alt waren wie er. Dabei klug und sensibel. Kurzum: Johnny war *der* Traum von einem Sohn. Ich weiß, das sagt jeder Vater. Aber ich werde doch noch träumen dürfen.

Mit Julia sollte der Traum wahr werden. Damit sie sah, wie ernst es mir war, habe ich Rache geübt. Ich habe es nicht für mich getan und nicht für Julia, ich habe es für *uns* getan. Ich habe Frenzen getötet, um uns vom Schmutz der Vergangenheit zu reinigen.

Julia hat das nicht verstanden. »Bist du wahnsinnig«, hat sie geschrien. »Du hast einen Menschen umgebracht! Das ist Mord!« Sie ist regelrecht hysterisch geworden. Wenn ihr Haus nicht so dicke Wände hätte, die Nachbarn hätten es gehört und die Polizei gerufen.

»Julia, ich habe es für uns getan«, habe ich sie beschworen. Mit Engelszungen habe ich auf sie eingeredet und sie dabei in meinen Armen gehalten. Sie war einfach nicht zu beruhigen. Erst als ich ihr eine halbe Flasche von dem Kräuterlikör eingeflößt hatte, ist sie eingeschlafen. Ich habe sie aufs Bett gelegt. Sie murmelte im Schlaf vor sich hin, süß wie ein brabbelnder Säugling. Wenn sie aufwachen würde, würde sie verstehen. Alles wäre wieder gut.

Einen Moment lang habe ich nicht aufgepasst, da ist es passiert, und Julia ist zur Polizei gerannt. Zu meiner Entschuldigung kann ich nur sagen, dass ich über eine Woche lang nicht geschlafen hatte. Pillen, Tabletten, Kaffee, ich hatte sogar wieder mit dem Rauchen angefangen.

Alles Schlimme passiert im Schlaf. Sie können mit dir machen, was sie wollen, du spürst es nicht. Der tiefe Schlaf ist wie eine Narkose. Sie können dir den Brustkorb aufschneiden, dein Herz entnehmen und austauschen, du spürst nichts. Erst wenn du aus der Narkose erwachst und die Narbe siehst, weißt du, dass etwas mit dir geschehen ist. Sie bohren dir den Schädel auf und führen Sonden in dein Gehirn, sie tasten dein Denken ab und steuern es. Woher willst du wissen, dass du deine Gedanken denkst und nicht ihre? Eva hat im Prinzip recht gehabt, nur dass sie diese Macht einer kleinen Fliege zugetraut hat, das war naiv. Deshalb hat sie Angst davor gehabt, ins Bett zu gehen und zu schlafen. Aus der Apotheke ihres Vaters hat sie sich mit Amphetaminen und Weckaminen vollgestopft, und ich habe ihr den Rest besorgt, alles, was der Wahn begehrt, Ectasy, Koks, Speed. Den Sandmann vertreiben wir mit Angel Dust. Nur nicht einschlafen, der mildeste Alptraum ist schlimmer als der totenähnliche Schlaf. Am schlimmsten sind die schönen Träume. Sie kommen auf Frühlingsblüten daher und versprechen rosiges Glück. Eingelullt bettet man sich in ihre Kelche und erstickt mit jedem Atemzug in ihrem klebrigen Tran. Es gibt kein Entrinnen aus diesem Frühlingserwachen.

Ich wollte Julia nicht ans Bett binden. Ich weiß selber, wie das ist, wenn die ohnmächtige Wut in einem aufsteigt, weil man Arme und Beine nicht bewegen kann und der andere stärker ist und mit einem machen kann, was er will. Ich musste es tun. Natürlich hat Julia nicht eingesehen, dass ich es nur gut mit uns gemeint habe, das wäre auch nicht normal. Eva hat es in Mexiko auch nicht verstanden, warum ich sie in dem Hotelzimmer ans Bett fixiert hatte.

Es ist kein Zufall, dass Eva und Marie auf derselben Straßenkreuzung gestorben sind wie Benny, das ist Schicksal. Das ist die Wahrheit, Julia, und wir können nicht vor der Wahrheit weglaufen. Wir haben es versucht, das war der Fehler. Egal, ob nach Südafrika, Österreich oder in die Eifel, wir hätten fahren sollen. Die Nähe hätte uns einander noch nähergebracht. Kapstadt wäre uns fremd gewesen, überall hätten wir Gefahren gesehen, sodass wir in die Sicherheit unseres Hotelzimmers geflohen und das Bettlaken über unsere Körper gezogen hätten. Trotz der Klimaanlage wäre uns heiß geworden. Wir hätten uns ausgezogen und uns unter dem schützenden Laken versteckt. Wir hätten uns das erste Mal nackt gesehen. Alles wäre gut geworden. Das ganze Hotel hätte über uns getuschelt, von der Putzfrau bis zum Liftboy, über das Zimmermädchen bis hin zum Portier. Der Zimmerkellner, der uns Champagner und Austern ans Bett gebracht hätte, würde ihnen erzählen, was für ein verliebtes Paar wir wären. Unzertrennlich wie die Turteltauben! Und sie würden sehnsüchtig seufzen.

Welchen Nutzen hat die Macht, wenn man sie nicht nutzt? Lieber einen Fehler machen, als gar nichts tun, meine Meinung. Ich weiß, so denkt nicht jeder. Die Mehrheit gehört zu den Bedenkenträgern, die zögern und zaudern und abwarten, dass sich die Probleme von selber lösen. Ich kann das nicht. Ich kann nicht einfach dasitzen und zusehen. Nichts löst sich von selber.

Als ich Julia losgebunden hatte, damit sie aufs Klo konnte, ist sie geflüchtet und direkt zu ihrem Freund gerannt. Der war es, der die Polizei gerufen hat, nicht Julia.

Es ist kein Trost, dass nicht Julia mich verraten hat, sie hat mich schon vorher betrogen. Warum hat sie mir nicht gesagt, dass sie einen neuen Freund hat und deshalb nicht mit mir über Weihnachten wegfahren wollte? Sicher hätte es mir wehgetan, wenn ich erfahren hätte, dass sie sich in jemand anders verliebt hat. Ich wäre damit klargekommen. Wenn zwei Menschen sich so gut kennen wie Julia und ich, dürfen sie keine Geheimnisse voreinander haben. Hätte Julia mir gesagt: »Georg, tut mir leid, aber da ist ein anderer«, ich hätte ihr gratuliert und viel Glück gewünscht. Aber so? Julia hat der Polizei gesagt, sie hätte Angst gehabt, dass ich Micha etwas antun würde. Sie nennt meinen Nachfolger Micha, obwohl er Michael heißt. Ich wäre manchmal unberechenbar, im einen Moment ruhig, ausgeglichen und heiter, im nächsten Moment aufbrausend und furchteinflößend. Als Beispiel nannte sie den Abend, als wir zusammen essen waren. Ich hätte den Wein wie Wasser in mich reingeschüttet, den Kellner angepöbelt und die Gäste beleidigt. Es hätte nicht viel gefehlt, und es wäre zu einer Schlägerei gekommen. Ich hätte mich geweigert, den Taxifahrer zu bezahlen, weil der einen Umweg gefahren wäre. Ich hätte den armen Mann angeschrien, dass ich kein dummer Tourist sei, den man bescheißen kann. Und plötzlich hätte ich ihn mit der Faust geschlagen, mitten ins Gesicht. Als er auf der Erde lag, hätte ich ihn getreten. Julia hätte mich nur mit Mühe stoppen können. Ihm Nachhinein würde sie denken, es wäre besser gewesen, wenn sie sofort die Polizei geholt hätte, anstatt dem Taxifahrer einen Hunderter zu geben, damit er den Mund hält.

Keiner, der mich kennt, wird Julia glauben. In meinem ganzen Leben habe ich mich nicht geschlagen. Nicht weil ich Angst habe, selber was aufs Maul zu kriegen. Im Gegenteil. Ich habe Angst, jemanden so hart zu treffen, dass er nicht mehr aufstehen kann. Ich war überall der Stärkste: beim Armdrücken, am Boxautomaten auf der Kirmes, beim Gewichtheben. Wo steht das Klavier? Zum Holzkleinmachen brauche ich keine Axt. Ich breche es übers Knie. Als ich Marie den kleinen Klaps gegeben habe, hat sie sofort ein blaues Auge gehabt. Das vergesse ich nie, deshalb gehe ich auch jedem Streit aus dem Weg. Die Böswilligen behaupten, ich laufe weg wie ein Hase. Aber lieber lasse ich mich als Feigling verspotten, als noch einmal zuzuschlagen. Ich weiß, wie stark ich bin und wie schnell ich alles kaputt mache. Wenn ich mich schlage, dann nur, weil ich mich wehren muss, aus Notwehr. Wenn mir einer meine Frau raubt, habe ich alles Recht der Welt, sie mir zurückzuholen. Und wenn jemand Marie etwas antut, ihr nur ein Haar krümmt, ist es um ihn geschehen.

Ich habe das Durcheinander in meinem Kopf in schwarze Mülltüten gepackt. Dr. Krahwinkel wird sie abholen und entsorgen lassen. Ich habe ihn gefragt, ob das Sondermüll ist. Dr. Krahwinkel hat gelacht und gemeint, so einen Müll hätten viele im Kopf, darauf sollte ich mir nichts einbilden. Zuerst war ich beleidigt, dann musste ich mitlachen.

Es ist eine Gnade, zu vergessen. Diese Gnade kann man sich nicht verdienen, man bekommt sie geschenkt. Man kann den Herrn um Gnade anflehen, sich ihm ganz und gar unterwerfen, man kann die Welt mit guten Taten zuscheißen – der Herr lässt sich nicht zwingen. Er gewährt seine Gnade, wenn ihm danach ist. Der Herr kann mir jederzeit unter die Nase reiben, dass ich mein Leben ganz allein seiner unberechenbaren Gnade verdanke und daraus keinen Rechtsanspruch ableiten kann.

Selten überfällt mich die Wahrheit und erinnert mich an meine Schuld. Wenn ich dafür gesorgt hätte, dass unser Auto fahrtüchtig gewesen wäre, nichts wäre passiert. Ich habe gewusst, dass der Wagen nicht durch den TÜV kommen würde. Der Boden war durchgerostet, die Hinterachse verzogen, der Auspuff kaputt, die Kupplungsscheiben waren ausgebrannt. Aber das Schlimmste war:

Die Bremsen funktionierten nicht. Ich habe alles ignoriert. Die Reparatur hätte ein Schweinegeld gekostet, und ich hätte nicht mit Eva und Marie in Urlaub fahren können.

Es wäre nichts passiert, wenn nicht Eva, sondern *ich* Marie zum Kindergeburtstag gefahren hätte. Ich weiß, wie man mit dem Motor bremst. Wenn man dann noch die Handbremse zieht, kann nichts passieren. Deshalb habe ich mir unter der Hand die TÜV-Plakette besorgt. Natürlich war das nicht legal, aber es war auch nicht außergewöhnlich. Ich hatte das schon ein paar Jahre lang so gemacht. Unter Kollegen hilft man sich, eine Hand wäscht die andere. Im Gegenzug habe ich für den Kollegen vom TÜV dessen Strafzettel für falsches Parken und Geschwindigkeitsübertretungen verschwinden lassen.

Eva musste davon nichts wissen, sie hätte sich nur unnötige Sorgen gemacht. Und wenn Wolter an diesem Abend nicht in betrunkenem Kopf in unseren Wagen gerast wäre, nichts wäre passiert. Wolter hätte sich nur an die Geschwindigkeitsbegrenzung halten müssen, er hätte rechtzeitig bremsen können, sein Wagen wäre rechtzeitig zum Stehen gekommen. Wenn er wenigstens sofort den Krankenwagen gerufen hätte! Stattdessen läuft er weg und ruft seinen Anwalt an. Eva und Marie würden noch leben. Deshalb hat Wolter den Tod verdient. Genau wie dieser Produktionsleiter vom Film, Frenzen. Rammt den armen Benny auf seinem Motorrad und schleudert ihn gegen den Baum. Benny würde noch leben, wenn Frenzen sich an die Regeln gehalten hätte.

Dr. Krahwinkel hat gemeint, ich hätte Fortschritte gemacht. Selbsterkenntnis sei der erste Schritt zur Besserung. Ja, ich habe mich schuldig gemacht. Und ich habe dazugelernt: kooperieren, guten Willen zeigen.

Werner Breitschneider vom Straßenverkehrsamt hat sich gleichfalls schuldig gemacht. Ich bin dreimal zu ihm gegangen und habe ihn aufgefordert, die Straßenkreuzung zu sichern. Ein Stoppschild oder eine andere Ampelschaltung minimiert die Unfallgefahr. Ich habe ihm meine Pläne auf den Tisch gelegt. Beim ersten Mal hat Breitschneider mir versichert, sich um die Angelegenheit zu kümmern, beim zweiten Mal hat er mich rausgeworfen und ein Hausverbot ausgesprochen, beim dritten Mal hat er die Polizei gerufen. Meine Pläne hat er in den Papierkorb geworfen. Wegen der Straßenkreuzung hat er nichts getan.

Ich weiß, wo Breitschneider wohnt. Wenn an der Kreuzung ein Unfall passiert, egal ob mit Toten, Verletzten oder auch nur mit Blechschaden, ist er fällig.

Genau wie sein Vorgesetzter, der Amtsleiter Klaus Seger, bei dem ich mich über Breitschneider beschwert habe. Seger hat mir erst auf mein *drittes* Anschreiben hin geantwortet und meine Beschwerde als unbegründet zurückgewiesen. Sie wüssten, was sie zu tun hätten, da bräuchten sie keinen wie mich. Ich sollte das Amt mit meinen Beschwerden nicht von der Arbeit abhalten.

Das Amt hat viele Namen. Man muss jeden Einzelnen persönlich verantwortlich machen. Sie dürfen sich nicht hinter ihren Vorschriften und Schreibtischen und der gleitenden Arbeitszeit verstecken. Schleimige Katzen, die man am Genick packen und mit der Nase in die Scheiße drücken muss, die sie anrichten.

Wenn man einmal mit der Suche nach dem Schuldigen anfängt, findet man kein Ende. Es ist eine Kettenreaktion. Ein Stein stürzt den nächsten. *Domino-Day*. Eine Beschwerde über den Amtsleiter beim Verwaltungsdirektor wird abgelehnt. Der Regierungsdirektor fühlt sich nicht zuständig, der Oberbürgermeister gibt die Sache zu seiner Entlastung zurück an den Amtsleiter. Der Landesminister verweist auf die Zuständigkeit der Stadt, der Bundesverkehrsminister antwortet überhaupt nicht. Wer auf die Gerichte vertraut, steht verlassen da. Die Gerichte haben meine Klagen nicht zugelassen. Krähen im Talar, die sich im Namen des Volkes die steinharten Augen verbinden, um vorzutäuschen, dass sie blind und unparteiisch sind. Dabei wollen sie nur das Elend nicht sehen, mit dem die klagenden Opfer sie belästigen. Diese penetranten Kläger, die mit ihrer unersättlichen Gier nach Gerechtigkeit und Rache das Hohe Gericht nerven. Als ob durch einen Richterspruch etwas ins Lot kommt. Ergeben auf das Jüngste Gericht warten, bis es zu spät ist?

Früher oder später sterben wir alle, Täter und Opfer. Also lasse ich sie laufen. Ich kann nicht die ganze Menschheit umbringen. Ist das Resignation oder Einsicht? Feigheit, Bequemlichkeit? Sind das die Tabletten von Dr. Krahwinkel? Sind das die Gespräche mit ihm? Oder ist es nur die Zeit, die verstreicht und mich gleichmütig werden lässt?

Ich glaube nicht an die Auferstehung der Toten. Als ich

versucht habe, Eva und Marie aus ihrem Grab zu befreien, mit bloßen Händen die gefrorene Erde aufgekratzt und mir die Fingernägel ausgerissen habe, war ich von Sinnen. Ich wollte sie für immer bei mir haben, tot und lebendig. Wir waren eine Familie, die nichts trennen konnte. Unsterbliche Liebe. Jetzt würde ich nicht einmal darauf bestehen, zu ihnen ins Grab gelegt zu werden. Ich glaube nicht an den gemeinsamen ewigen Schlaf. Das Nichts ist überall gleich. Mir bleibt die Hoffnung, dass alles ein Ende hat, dass ich verdämmere bis zur Auslöschung meiner Sinne. Nichts hören, nichts sehen, nichts fühlen, alles ohne Schmerz. Wenn das der Tod ist, ist er mir willkommen.

Ich habe von der Welt draußen nicht viel mitgekriegt, ich war genug mit dem beschäftigt, was sich in meinem Kopf abgespielt hat. Dr. Krahwinkel hat mich die letzten Jahre behandelt. Als ich mich bei ihm bedanken wollte, hat er abgewehrt. Den Löwenteil hätte ich selber geleistet, ohne meine Mitarbeit hätte er nichts ausrichten können. Zum Abschied reichte er mir die Hand. »Wenn Sie ein Problem haben, melden Sie sich.«

Ich nickte und bedankte mich. Fast hätte ich ihn in die Arme genommen, aber ich wusste, wie sehr er auf Distanz bedacht war, und beließ es bei einem festen Händedruck.

Frau Scheibe, die Sozialarbeiterin, hat mir geholfen, ein Appartement zu finden. Meine alte Wohnung war seit Jahren gekündigt. Dr. Krahwinkel meinte, das wäre auch gut so. Es sei keine gute Idee, in der alten Umgebung den Neuanfang zu wagen. Deshalb habe ich auch neue Möbel gekauft: Eine kleine Bettcouch, einen Tisch, zwei Stühle, einen Kleiderschrank. Das Appartement hat eine Einbauküche mit Kühlschrank und ein Badezimmer mit Dusche. Für eine Person ist das genug.

Als ich das erste Mal zum Friedhof ging, war ich nervös. Ich weiß nicht, was ich erwartet hatte. Vielleicht, dass das Grab ungepflegt und verwahrlost war.

Die Gärtnerei hat es gut versorgt und mit kleinblättrigem winterfestem Efeu bepflanzt. Ans Kopfende hatte der Gärtner eine Schale mit Osterglocken gestellt. Der Grabstein war poliert, und die goldene Schrift mit den Namen glänzte auch ohne Sonne. Das Grab lag im Schatten alter Kastanienbäume. Im Sommer ist es hier angenehm kühl, ein schöner Platz abseits vom asphaltierten Hauptweg, ein wenig versteckt. Wenn es regnet, versinken die Schuhe im Schlamm.

Ich stand lange an ihrem Grab, stellte mir die beiden vor und suchte nach ihren Gesichtern. Jahrelang hatte ich an nichts anderes gedacht, jetzt konnte ich mich kaum erinnern, wie sie aussahen. Beten konnte ich auch nicht.

Zu Hause machte ich mir eine Pizza warm, aß, obwohl ich keinen Appetit hatte. Dr. Krahwinkel hatte mich ermahnt, regelmäßig zu essen. Erst im Bett wurde mir bewusst, dass ich am Grab meiner Lieben keine Träne vergossen hatte, und als ich am nächsten Morgen wach wurde, wunderte ich mich, wie gut ich geschlafen hatte. Kein Alptraum hatte mich aufgeschreckt, keine Fledermaus ist durch mein Zimmer geflattert und hat mit den Flügeln gegen meine Brust geschlagen.

Im Café gegenüber habe ich gefrühstückt und die Zeitung gelesen. Fünfzehn Jahre hatte ich von der Welt nichts mitgekriegt. Die Schlagzeilen waren dieselben, es hatte sich nichts verändert.

Um neun Uhr hatte ich ein Vorstellungsgespräch. Zur Polizei wollte ich nicht zurück, die hätte mich auch nicht genommen. Frau Scheibe hatte mir den Termin bei einer Wärmemessdienstfirma besorgt. »Vielleicht ist das ja was für Sie«, hat sie gemeint. »Sie arbeiten eigenverantwortlich, sind für sich und trotzdem unter Menschen.«

Die Sekretärin bat mich, Platz zu nehmen und einen Moment zu warten. »Unser Herr Sagebier kommt gleich. Möchten Sie einen Kaffee?«

Herr Sagebier erklärte mir, was ich zu tun hatte. »Eigentlich wissen Sie ja, worum es geht, Herr …« Suchend sah er in seine Unterlagen.

»Kupinski. Ja, ich weiß Bescheid. Es geht um korrekte Heizkostenabrechnungen.«

»Genau!« Herr Sagebier sah mich erfreut an. »Sie müssen die Röhrchen an den Heizkörpern ablesen, die Werte notieren, die Röhrchen auswechseln, fertig. Okay?«

»Ja«, sagte ich. »Kein Problem.«

»Das klingt einfach, ist es auch. Eine interessante Arbeit, Sie lernen interessante Menschen kennen. Quasi Deutschland von oben bis unten. Manchmal nicht ganz unproblematisch, wenn Sie verstehen, was ich meine.«

»Ich glaube schon.«

»Na dann willkommen im Club!« Herr Sagebier gab mir die Hand und drückte sie so männlich fest, wie es nur ein Mann tut, der fürchtet, dass man ihn für ein Mädchen halten könnte.

Ab und zu gehe ich auf den Friedhof, um das Grab von Eva und Marie in Schuss zu halten. Es tut nicht weh. Sie sind tot, ich kann sie nicht wieder lebendig machen. An der Straßenkreuzung fühle ich nichts. Nicht mal einen kleinen Stich ins Herz.

Julia hat ihre Gedenkstätte für Benny abgebaut. Nichts erinnert an ihn. Der Verkehr rast ungerührt weiter. Ich habe kein Verlangen, Julia wiederzusehen. Es ist vorbei. Dabei hätte ich jetzt vielleicht gute Chancen bei ihr, denn sie ist nicht mehr mit Micha zusammen. Im Nachhinein denke ich, sie hat sich mit Micha nur deshalb zusammengetan, um jemanden zu haben, der sie vor mir beschützt. Obwohl sie sich in dem Fall besser nicht eine halbe Portion wie diese Schwuchtel Micha ausgesucht hätte, sondern einen Typ wie Sagebier.

Die Arbeit ist nichts Besonderes, aber sie ist okay. Jeden Tag pünktlich Feierabend, alles Routine, keine Probleme. Mich interessieren nur die Messröhrchen an den Heizkörpern, der Rest der Wohnungen ist mir egal. Sauber oder versifft, chaotisch oder aufgeräumt, galoppierender Schimmel oder pornografische Bilder an den Wänden, Jesus am Kreuz oder Picassos Kind mit Friedenstaube, es kümmert mich nicht. Verlorene Ohrringe auf dem Boden, angebissene Pizzastücke, schmutzige Tempos, unters Bett gerollte Dildos, blutige Spritzbestecke, vollgekackte Windeln, Überraschungseier, tote Mäuse, tote Wellensittiche, Kakerlaken, Familienfotos, Rechnungen, Mahnungen, Kontoauszüge, Liebesbriefe, Tagebücher, Lippenstifte, Nagelscheren, Handschellen und Hundeleinen – ich habe nur die Skala der Messröhrchen im Auge, lese die Werte ab, trage sie ein, tausche die Röhrchen aus.

Der Geruch lenkt mich nicht ab. Scheiße, Parfüm, Spülmittel, Waschmittel, das Mittagessen auf den Kochplatten, Zigaretten, Bier, ich überrieche es. Zu Anfang habe ich gedacht, ich müsste etwas unternehmen. Meldung machen, Hilfe holen, einschreiten. Sagebier hat mich belustigt angeschaut und mir klargemacht, dass es in der Firma Bielert, Wärmemessdienst, nur eine Regel gibt, die Regel Nummer eins: Kümmere dich um nichts, aber wirklich um gar nichts anderes als um deine Röhrchen. Wir sind nicht bei der Caritas und nicht bei der Polizei. Wir machen unseren Job, und *Ende Gelände!* Bloß nicht davon träumen, den Helden oder den Lebensretter zu spielen. Oder mir vorstellen, dass sich eine Blondine mit geöffnetem Morgenmantel über mich beugt. Während ich auf dem Boden vor dem Heizkörper hocke, streichelt sie mir mit ihren Titten durchs Haar und guckt mich mit feuchten Augen an.

»So was kommt nur im Heimkino vor, Kupinski. Sie verstehen, was ich meine?«

»Klar, Herr Sagebier.«

»Gut der Mann. Wenn es trotzdem einmal vorkommt, was quasi unmöglich ist, gilt automatisch Regel Nummer eins. Gar nicht drum kümmern! Also, Kupinski, ich will keine Klagen hören.«

Ich werde nach der Anzahl der abgelesenen Röhrchen bezahlt. Fünf Minuten brauche ich im Schnitt für jede Wohnung, jede Wohnung hat im Schnitt sechs Röhrchen. Manchmal halten mich die Leute auf und beschweren sich, dass die Heizkosten so gestiegen sind. Als ob ich es bin, der ihnen die Wärme verkauft. Sie gucken mir über die Schulter, kommen mir so nah, dass ich ihren Atem rieche. Sie kontrollieren den Eichstrich der Röhrchen millimetergenau, damit ich ihnen ja nicht zu viel anschreibe. Ich bin schuld, wenn sie eine Nachzahlung leisten müssen, die so hoch ist, dass sie nicht mehr nackt in der Wohnung herumlaufen können und sich mit dem Heizen einschränken müssen.

Ich führe ein geregeltes Leben. Nach dem Frühstück im Café fahre ich mit der Bahn zur Arbeit, erledige den Papierkram, sehe die Liste mit den Aufträgen durch, lege die Tagesroute fest und bestücke meine Tasche mit frischen Messröhrchen. Auf dem Parkplatz überprüfe ich Reifendruck, Bremsen, Blinker, Licht und fahre los. Eigentlich hatte ich mich nie mehr ans Steuer eines Wagens setzen wollen, aber Dr. Krahwinkel hat mich überzeugt, einen psychologischen Test zu machen. Ohne Führerschein würde ich keinen Job bekommen, hat er gemeint. Heute muss man mobil sein, Mobilität ist alles, und ich habe den Test ohne Problem bestanden.

Es ist ein denkmalgeschützter Altbau in der Südstadt, die siebzehnte Wohnung des Tages. Julia öffnet die Tür, sie erkennt mich sofort. »Hallo«, sagt sie. Sie hat genauso wenig wie ich damit gerechnet, mich so plötzlich vor sich zu sehen.

»Firma Bielert, Wärmemessdienst. Ich komme wegen der Heizkörper.«

Julia zögert kurz, dann tritt sie zur Seite und lässt mich in die Wohnung. Stumm führt sie mich von Zimmer zu Zimmer. Ich lese die Werte ab, trage sie ein, wechsle die Röhrchen aus und lasse Julia das Protokoll unterschreiben.

»Das war's.«

Wir haben kein Wort miteinander gesprochen. Julia sieht mich unsicher an. »Willst du einen Kaffee«, fragt sie.

»Nein danke«, sage ich. Bei einem Kunden wird nichts getrunken, auch das gehört zu Regel Nummer eins. »Leb wohl.«

Julia nickt. »Du auch«, sagt sie und schließt hinter mir die Tür. Ich läute an der Tür gegenüber und weiß genau, dass Julia mich durch den Türspion beobachtet. Ich läute ein zweites Mal.

Julia öffnet ihre Wohnungstür. »Bei Lansings ist keiner, ich soll dich reinlassen«, sagt sie und schließt mir auf. Julia bleibt in den Zimmertüren stehen und sieht mir bei der Arbeit zu.

»Geht es dir gut«, fragt sie.

»Ich kann nicht klagen.«

»Das ist gut.« Sie zögert. »Vielleicht sollten wir uns mal treffen, miteinander reden.«

»Wozu soll das gut sein?«, antworte ich und trage die Werte für das letzte Röhrchen ein. »Das war's. Neben dem Kreuz unterschreiben, bitte.«

»Verstehe.« Julia unterschreibt das Protokoll und gibt es mir zurück. Sie ist so schön wie beim letzten Mal, sogar noch schöner. Am liebsten würde ich sie fragen, ob sie sich einen neuen Freund zugelegt hat. Einen, mit dem sie durch die Welt reisen und sie neu entdecken kann, nicht so ein Weichei. Ich lasse es.

»Entschuldigung, die Arbeit ruft.«

Ich gehe an ihr vorbei ins Treppenhaus, steige ein Stockwerk höher und läute beim nächsten Kunden. Kein Blick zurück. Was soll der bringen außer Hass und Wut? Tote Erinnerungen?

Abends nach der Arbeit stelle ich das Auto auf dem Firmenparkplatz ab und bringe meine Unterlagen ins Büro. Zu Hause schiebe ich eine Pizza Quattro Stagioni in den Backofen. Früher habe ich gedacht, das würde Pizza-Vier-Bahnhöfe heißen, und mich gefragt, wo in Italien die vier Bahnhöfe mit der leckeren Pizza liegen, und davon geträumt, zusammen mit Eva im Schlafwagen 1. Klasse hinzufahren und auf jedem Bahnhof eine Pizza zu essen.

Ich denke kaum noch an Eva, auch nicht an Marie. Zum Friedhof gehe ich nur noch an ihren Geburtstagen und ihrem Todestag. Mit der Grabpflege habe ich wieder die Friedhofsgärtnerei beauftragt, die macht das gut. Besonders in den heißen Sommern, wenn alles vertrocknet, gießen sie regelmäßig die Grabbepflanzung.

Nach dem Essen setze ich mich auf den umgedrehten Papierkorb unter die Dusche und lasse den Regen auf mich prasseln. Warmer tropischer Regen. Ich hatte vergessen, wie schön das ist, so lange ist das her. Die Blondine, vor der mich Sagebier gewarnt hat, kommt zu mir unter die Dusche. Sie wäscht mir die Haare, wie Eva es gemacht hat. Dabei presst sie sich von hinten an mich.

Ihre Brüste sind voll und weich wie die von Mona. Meine Haut ist gerötet und weich wie Samt, wenn ich mich ins Bett lege. Dann kommt Julia, ich mache die Augen zu und schlafe ein.

Fürs Wochenende nehme ich mir etwas vor, nichts Besonderes, eine Radtour oder ein Kinobesuch reichen. In die Kneipe gehe ich selten. Ich weiß nicht, was ich da soll, zudem kann ich das besoffene Geschwafel nicht mehr ab. Die Leute gucken einen schräg an, wenn man nur Wasser trinkt. Ich komme mir wie ein Fremdkörper vor. Dr. Krahwinkel hat mich ermuntert, unter Menschen zu gehen. Aber ich sollte mich nicht dazu zwingen.

Ich schwimme wieder. Die tausend Meter schaffe ich, ohne mich anzustrengen. Nachmittags ist das Schwimmbad leer, sodass ich in Ruhe meine Bahnen ziehen kann. Früher hat es mich angeödet, stumpfsinnig Bahn um Bahn zu ziehen, jetzt finde ich es wunderbar. Im Whirlpool wird es mir nach ein paar Minuten zu warm. Trotzdem bleibe ich sitzen. Wohlige Müdigkeit ermattet meinen Körper, das Wasser blubbert mir die Ohren voll. *Liebes Tagebuch, heute war ich schwimmen.* Zu Hause schreibe ich auf, was mir durch den Kopf geht. Banales Zeug, nichts, was mich beunruhigt. *Habe mir eine neue Jahreskarte fürs Hallenbad gekauft. Sie ist zwanzig Prozent teurer als letztes Jahr.*

Als Kind habe ich abends verbrannt, was ich tagsüber geschrieben habe. Ich wollte keine Spuren hinterlassen. Meine Mutter schnüffelte in meinen Sachen herum. Ich weiß es, weil ich überall geheime Siegel angebracht hatte. Jetzt, da von meiner Familie keiner mehr übrig geblieben ist, könnte ich die Wahrheit schreiben. Ohne Rücksicht könnte ich meine heimlichen Leidenschaften, Liebschaften, Verbrechen und guten Werke, meine Angst und meinen Zorn niederschreiben. Vielleicht wäre es gut gewesen, wenn ich alles protokolliert hätte, so wie Dr. Krahwinkel es mir vorgeschlagen hat. Aber ich hatte Angst, dass Dr. Krahwinkel es gegen mich verwenden könnte und dass ich ihm noch einmal und noch einmal Punkt für Punkt und Komma für Komma die Geschichte von Anfang an erklären müsste.

Am Sonntagmorgen gehe ich nicht mehr in die Messe. Die Kirche hat Jesus Christus verraten und sich mit den Mächtigen arrangiert. Wenn die Kirche den Mächtigen ins Gewissen redet, ist das pro forma. Der Papst lässt sich die Hand küssen und macht Small Talk. Gebt dem Kaiser, was des Kaisers ist, und Gott, was Gottes ist. Kirchensteuer, Spenden, Brot für die Welt, Misereor, Almosen – Augenwischerei. Man kann für die Unterdrückten nur eintreten, wenn man einer von ihnen ist und selber unterdrückt wird. Das ist nicht neu, aber ich habe es erst spät gemerkt.

Am Sonntagmittag gehe ich bei Salvatore, dem Italiener an der Kreuzung gegenüber, essen. Ich bestelle die Lasagne al forno mit einem kleinen Salat. Während ich meinen Espresso trinke, höre ich dem Palaver des Personals zu. Ich bin der letzte Gast. Sie drängen mich nicht. Sie wissen, dass ich kein Italienisch spreche, und glauben, dass ich sie nicht verstehe. Ich sehe, dass Salvatore was mit Rosa, der neuen Bedienung, hat. Hinter der Theke reibt er sich verstohlen an ihrem Arsch, während sie vor ihm steht und Gläser spült.

Am Sonntagabend, wenn es dunkel geworden und die Stadt menschenleer ist, mache ich einen Spaziergang und betrachte die Schaufensterauslagen. Eine Stunde, das reicht. Wieder zu Hause bügele ich meine Hemden für die nächste Woche, beziehe das Bett frisch und stelle den Wecker auf sechs Uhr.

Das Wochenende ist geschafft, zufrieden schlafe ich ein. Mein Schlaf ist ruhig und fest. Ich träume nicht mehr, und wenn, dann kann ich mich am Morgen nicht erinnern.

Manchmal schrecke ich auf. Dann hüpft der kleine Feuerball in mir. Unter der Asche war er fast erloschen. Aber eben nicht ganz. Er steckt mich an mit seiner Glut, und ich weiß wieder, wer ich bin.

Dann breche ich aus.

Ich breche aus und tue, was getan werden muss.

Allem zum Trotz.